INDICE

3   PRIMA NOTTE

19 SECONDA NOTTE

39 LA STORI DI NASTEN'KA

53 TERZA NOTTE

62 QUARTA NOTTE

75 IL MATTINO

PRIMA NOTTE

"Fu creato forse allo scopo di rimanere vicino al tuo cuore sia pure per un attimo?"

Era una notte incantevole, una di quelle notti che ci sono solo se si è giovani, gentile lettore. Il cielo era stellato, sfavillante, tanto che, dopo averlo guardato, ci si chiedeva involontariamente se sotto un cielo così potessero vivere uomini irascibili ed irosi. Gentile lettore, anche questa è una domanda proprio da giovani, molto da giovani, ma che il Signore la ispiri più spesso all'anima! Parlando di vari signori irascibili ed irosi non posso non ricordare il mio comportamento durante tutto quel giorno. Fin dal mattino un'improvvisa angoscia cominciò a tormentarmi. Ad un tratto ebbi l'impressione che tutti volessero abbandonarmi e allontanarsi da me. Certamente ognuno si sentirà in diritto di domandarmi chi fossero tutti costoro, perché abito ormai da otto anni a Pietroburgo e non sono riuscito a fare quasi nessuna conoscenza. Ma che senso hanno le conoscenze? Anche senza di esse conosco tutta Pietroburgo, ecco perché ebbi l'impressione di essere abbandonato da tutti quando tutta Pietroburgo spiegò le ali e se ne andò improvvisamente in campagna.

Fu una sensazione terribile rimanere da solo e, in preda ad un profondo sconforto, vagai tre giorni interi per la città senza capire minimamente cosa mi succedesse. Anche se andavo sul Nevskij o ai giardini, anche se mi mettevo a passeggiare sul lungofiume, non incontravo nessuno di quei volti che ero abituato a incontrare

sempre nello stesso luogo, alla solita ora, per tutto l'anno. Loro di sicuro non mi conoscono, io invece li conosco tutti. Li conosco intimamente, ho quasi imparato a distinguere le loro fisionomie, contento quando sono allegri e rattristato alla vista dei loro turbamenti. Ho quasi stretto amicizia con un uomo anziano che incontro ogni giorno sempre alla stessa ora alla Fontana. Ha un viso tanto serio e meditabondo, continua a mormorare qualcosa sotto i baffi agitando la mano sinistra, mentre nella destra tiene un lungo bastone nodoso con il pomo d'oro. Anche lui mi ha notato e mi dimostra un sincero interessamento. Se per caso gli capita di non trovarmi alla solita ora al solito posto della Fontana sono certo della sua delusione. Perciò a volte arriviamo quasi a farci un cenno di saluto, soprattutto quando tutti e due siamo di buon umore. Tempo fa, quando non ci eravamo visti per due giorni interi e poi ci eravamo incontrati il terzo giorno, mancò poco che ci salutassimo togliendoci il cappello ma, per fortuna, riuscimmo a trattenerci, lasciando cadere le mani e con un senso di reciproca complicità passammo l'uno accanto all'altro.
Conosco anche le case. Quando cammino ho l'impressione che ogni casa mi corra incontro, mi guardi con tutte le sue finestre e mi dica, "Buongiorno, come state? E anch'io, grazie a Dio, sto bene e nel mese di maggio mi aggiungeranno un piano" oppure, "Come state? Domani cominceranno a ripararmi" oppure, "Per poco non sono bruciata! Che spavento!" eccetera. Ho le mie case preferite, ho tra loro delle amiche intime, una addirittura è intenzionata a farsi curare quest'estate da un architetto. Verrò a trovarla appositamente

ogni giorno perché non me la curino male, Dio la protegga! Non dimenticherò mai l'episodio accaduto ad una bellissima casetta color rosa chiaro. Era di pietra, così graziosa che sembrava guardarmi con tanta affabilità, ma fissava le sue goffe vicine con tanta alterigia da far rallegrare il mio cuore quando mi accadeva di passarle accanto. Ecco che la settimana scorsa, ad un tratto, passo per la strada e, non appena ho dato uno sguardo all'amica, sento un grido lamentoso, "Mi pitturano di giallo!" Malfattori! Barbari! Non hanno risparmiato nulla, né le colonne né i cornicioni e la mia amica è diventata gialla come un canarino.

Per questa ragione mi è venuto quasi un attacco di bile e finora non ho avuto la forza di rivedere quella poveretta tutta sfigurata dipinta con il colore dell'impero celeste.

E così, lettore, potrai comprendere il modo in cui conosco tutta Pietroburgo. Ho già detto che per tre giorni fui tormentato da una specie di agitazione finché non ne intuii la ragione. E anche per strada stavo male (manca uno, non c'è l'altro, dov'è finito il terzo?) e persino a casa mia non ero più lo stesso di prima. Per due sere di seguito cercai di darmi una risposta, cosa mi mancava nel mio angoletto? Perché avvertivo un simile disagio a restarci?

E sconcertato fissavo le mie pareti verdi annerite dal fumo ed il soffitto da cui pendevano ragnatele coltivate con grande successo da Matrëna, osservavo ogni mobile, guardavo ogni sedia pensando se per caso la ragione della mia infelicità non stesse proprio lì (perché, se anche una sola sedia non stava al posto di ieri, allora anch'io non mi sentivo a posto) guardavo fuori dalla finestra, ma

invano, non stavo meglio! Mi venne perfino l'idea di chiamare Matrëna e di riprenderla paternamente per le ragnatele e in genere per la sporcizia, Matrëna mi guardò stupita e se ne andò senza neppure una parola, tanto che le ragnatele pendono ancora felicemente dal loro posto. Soltanto questa mattina ho intuito la ragione della mia angoscia. Eh! Tutti scappano via da me in campagna tagliando la corda! Perdonatemi l'espressione grossolana, ma sto troppo male per usare uno stile elevato, perché tutti coloro che stavano a Pietroburgo o si erano già trasferiti o stavano trasferendosi in campagna, perché ogni rispettabile signore dall'aspetto imponente che prendeva a noleggio una vettura si trasformava ai miei occhi in uno stimabile padre di famiglia che, assolte le abituali doverose occupazioni, si trasferiva serenamente nel grembo della sua famiglia nella casa, per questo tutti i passanti assumevano ora un aspetto del tutto particolare che sembrava dire ad ogni persona incontrata, "Noi signori siamo qui solo così di passaggio e tra due ore ce ne andremo in villeggiatura".
Appena si apriva una finestra sulla quale avevano tamburellato per un attimo delle piccole dita sottili, bianche come lo zucchero e dalla quale era spuntata la testolina di una graziosa ragazza che chiamava un venditore di fiori, allora io immaginavo immediatamente che questi fiori non si compravano per dolcersi della primavera e dei colori in un soffocante appartamento di città, ma che tutti presto se ne sarebbero andati via in campagna con i loro acquirenti. Come se non bastasse, feci tali progressi in questa nuova e particolare scoperta che avrei potuto segnalare senza

errori solo dall'aspetto in quale casa abitasse ognuno di loro. Gli abitanti delle isole Kamennyj e Aptekarskij o della via Petrogofskaja si distinguevano per l'acquisita eleganza dei loro modi dagli abiti estivi all'ultima moda e per le stupende carrozze usate per venire in città.

Gli abitanti di Pargolovo e dei dintorni si imponevano fin dal primo sguardo per la loro accortezza e per il loro aspetto imponente, invece quelli dell'isola Krestovskij si distinguevano per la loro imperturbabile allegria. Se riuscivo a incontrare una lunga processione di carrettieri che camminavano pigramente con le briglie in mano dietro i carri stracarichi di montagne di ogni sorta di mobili, tavoli, sedie, divani turchi e non turchi e altri tesori domestici, sulla cui cima troneggiava spesso una prosperosa cuoca che sorvegliava la proprietà del padrone come la pupilla dei propri occhi, se scorgevo inoltre delle barche stracariche di masserizie che scivolavano lungo la Neva o la Fontana fino alla Tchërnaja Retchka o alle isole, allora carri e barche si moltiplicavano, si centuplicavano ai miei occhi, mi sembrava che tutto si alzasse e partisse, che carovane intere si trasferissero in campagna, Pietroburgo dava l'impressione di trasformarsi in un deserto da provare alla fine un senso di vergogna, di offesa e di tristezza, non avevo la benché minima ragione di trasferirmi in campagna. Ero pronto a partire con ogni carro e con ogni signore dall'aspetto autorevole che prendesse a noleggio una vettura, ma nessuno, decisamente nessuno, mi aveva invitato, come se mi avessero dimenticato, come se fossi per loro un completo estraneo!

Camminai molto e a lungo, tanto che feci in tempo a dimenticare, secondo la mia abitudine, dove fossi quando ad un tratto mi trovai ad una porta della città. In un lampo diventai allegro e oltrepmolto la barriera, incamminandomi tra campi seminati e prati non mi sentivo stanco ma avvertivo con tutto il mio fisico che un peso mi cadeva dall'anima. Tutti i passanti mi guardavano con grande gentilezza, quasi a salutarmi, tutti erano allegri per qualche ragione, tutti, senza eccezione, fumavano un sigaro. E anch'io ero allegro come non mai prima, come se ad un tratto mi fossi trovato in Italia, tanta era la forza della natura che aveva colpito proprio me, un cittadino dalla salute precaria, quasi soffocato dalle mura della città.

Esiste qualcosa di inspiegabilmente commovente nella nostra natura pietroburghese quando, con il sopraggiungere della primavera, mostra ad un tratto tutta la sua potenza, tutte le forze datele dal cielo per ricoprirsi, abbellirsi, colorarsi di fiori. In qualche modo mi ricorda involontariamente quella ragazza tisica e deperita che voi guardate a volte con compassione, a volte con un certo affetto pietoso, a volte semplicemente non la notate neppure, ma che improvvisamente, per un attimo solo, in modo disperato, diventa inspiegabilmente di una meravigliosa bellezza e voi, colpito e inebriato, vi chiedete inconsapevolmente, qual' è la forza che dà un tale splendore, un tale fuoco a quei tristi occhi pensosi? Che cosa ha fatto affluire il sangue a quelle pallide gote incavate? Che passione si è riversata sui teneri lineamenti del volto? Per quale ragione il petto ansima così? Che cosa ha provocato improvvisamente la forza, la vita e la bellezza sul volto di quella povera ragazza, lo ha fatto brillare di un simile sorriso e ravvivare da una gaia e scintillante risata? Vi guardate intorno, cercate qualcuno, pensate di intuire. Ma l'attimo fugge, il giorno dopo incontrate di nuovo lo stesso sguardo pensoso e distratto, lo stesso viso pallido di prima, la stessa sottomissione e mitezza nei movimenti e persino un certo pentimento, persino tracce di una tristezza mortale e di stizza per quell'effimero piacere. E vi fa pena che quella bellezza apparsa per un attimo sia svanita così in fretta e così irrevocabilmente e che, ingannevole e vana, abbia brillato davanti ai vostri occhi, lasciandovi il rammarico di non aver fatto in tempo ad innamorarvi di lei.

E tuttavia la mia notte fu migliore del giorno! Ecco come andò, ritornai in città molto tardi e, quando cominciai ad avvicinarmi alla mia abitazione, erano già suonate le dieci. La mia strada mi portava lungo il canale dove a quell'ora non passava anima viva.

Io abito, a dire il vero, nella parte più lontana dal centro della città. Camminavo e cantavo perché, quando mi sento felice, devo per forza canticchiare qualcosa, come del resto ogni uomo felice che non ha né amici né buoni conoscenti e non sa con chi dividere la gioia di un attimo lieto. Ad un tratto mi capitò l'avventura più inaspettata.

Da un lato, appoggiata alla ringhiera del canale, c'era una donna, aveva i gomiti sull'inferriata e fissava con molta attenzione, mi sembrò, l'acqua torbida. Indossava un cappellino giallo molto grazioso ed una mantellina nera civettuola. "E' una ragazza e senz'altro una bruna" pensai. Sembrava che non avesse sentito i

miei passi, non si era nemmeno mossa quando le fui accanto trattenendo il respiro e con il cuore che batteva forte.
"Strano!" pensai. "Di sicuro ha qualche seria preoccupazione" e di colpo mi fermai come impalato. Avevo sentito un pianto soffocato. No, non mi ero sbagliato, la ragazza piangeva e per un minuto ancora si sentì il suo singhiozzo. Dio mio! Mi si strinse il cuore. Anche se sono timido con le donne, quello fu un momento particolare! Ritornai, mi avvicinai a lei e avrei certamente detto, "Signora!" se non avessi saputo che tale esclamazione era stata pronunciata mille volte in tutti i romanzi russi che trattavano del gran mondo. Fu quest'unica esitazione a trattenermi ma, mentre cercavo un'altra parola, la ragazza si riprese, si guardò intorno e, accortasi della mia presenza, si dominò, abbassò gli occhi e mi passò davanti lungo il canale.
Cominciai a seguirla subito, ma lei, intuendo la mia intenzione, si allontanò dal canale e, attraversata la strada, si mise a camminare sull'altro marciapiede. Io non osai attraversare la strada. Il mio cuore palpitava come quello di un uccellino catturato. Fu il caso a venirmi in aiuto.
Dall'altro lato del marciapiede, non lontano dalla mia sconosciuta, spuntò fuori improvvisamente un signore in frac di età rispettabile ma non si potrebbe dire altrettanto della sua andatura. Camminava barcollando e con prudenza si appoggiava al muro. La ragazza si mise a camminare come una freccia in fretta e furia, trepidante come di solito camminano tutte le ragazze che non vogliono che qualcuno proponga loro di accompagnarle a casa di notte e di

sicuro il barcollante signore non l'avrebbe raggiunta in nessun caso se il mio destino non gli avesse ispirato di ricorrere a mezzi più risolutivi. Ad un tratto, senza dire nemmeno una parola, il signore partì di scatto e si mise a correre a tutta velocità per raggiungere la mia sconosciuta. Lei filava come il vento, ma il signore vacillante stava per raggiungerla, la raggiunse, la ragazza gridò e, benedico il destino per l'eccellente bastone nodoso che quella volta tenevo nella mia mano destra. In un attimo mi trovai dall'altra parte del marciapiede, in un attimo lo sconosciuto capì la situazione, si rese conto delle temerarie circostanze, si fermò in silenzio e, soltanto quando ormai noi fummo molto lontani, strepitò in termini molto energici. Ma le sue parole ci arrivavano appena.

"Datemi il braccio" dissi alla mia sconosciuta e quest'uomo non oserà più molestarvi.

Senza dire una parola mi porse il braccio ancora tremante dall'agitazione e dallo spavento. Oh, sconosciuto signore, come ti benedissi in quel momento! La guardai di sfuggita, era una bruna molto carina, avevo indovinato, sulle sue ciglia nere luccicavano ancora le lacrime del recente spavento o del dolore di prima? Non so. Ma sulle sue labbra brillava già un sorriso. Anche lei mi guardò di sott'occhio, arrossì leggermente e abbassò gli occhi.

"Ecco, vedete, perché siete scappata poco fa? Se fossi stato qui non sarebbe successo nulla".

"Ma io non vi conoscevo, pensavo che anche voi".

"E ora forse mi conoscete?"

"Un po'. Ecco, ad esempio, perché tremate?"

"Oh, voi avete indovinato fin dal primo momento!" risposi esaltato dall'intelligenza della mia ragazza, questa non nuoce mai alla bellezza. "Sì, fin dal primo sguardo avete capito con chi avevate a che fare. Certo, sono timido con le donne, sono agitato, non voglio negarlo, non meno di quanto lo siete stata voi quando quel signore vi ha spaventata. Ora mi sento assalito dal panico.
E' come un sogno ma nemmeno in sogno avrei immaginato di parlare un giorno con una donna".
"Come? Davvero?"
"Proprio così! Se la mia mano trema è perché mai una mano così graziosa e piccola come la vostra l'aveva stretta. Ho perso completamente l'abitudine di stare con le donne, anzi non ho mai avuto quest'abitudine, sapete, vivo da solo. Non so nemmeno come parlare con loro. E nemmeno ora lo so. Non vi ho detto per caso qualche sciocchezza? Ditemelo sinceramente, vi avverto che non sono permaloso".
"No, nessuna, nessuna, anzi. E visto che mi chiedete di essere sincera, vi dirò che alle donne piace una timidezza così, e se volete saperne di più vi dirò che anche a me piace e io non vi manderò via finché non sarò arrivata a casa".
"Voi mi fate" cominciai, respirando con l'affanno per la gioia perdere subito la mia timidezza e allora addio a tutti i miei mezzi!"
"Mezzi? Che mezzi per che cosa? Ecco, lo trovo sciocco".
"Perdonate, non lo farò più, mi è scappato di bocca, ma come volete che in un momento simile non ci sia il desiderio".
"Di piacere, non è vero forse?"

"Insomma, sì, ma siate buona. Giudicate chi sono io! Ho già ventisei anni e non ho mai visto nessuno. E allora come posso parlare bene, con disinvoltura e a proposito? E anche voi vi sentirete più a vostro agio quando tutto sarà chiaro alla luce del sole. Non posso tacere quando il cuore parla dentro di me.
Be' non importa. Credetemi, nemmeno una sola donna mai mai! Nemmeno una conoscenza! E io sogno ogni giorno che finirò per incontrare qualcuna. Oh, se voi sapeste quante volte sono stato innamorato in questo modo!"
"Ma come, di chi?"
"Di nessuno, di un ideale che mi appare in sogno. Sognando creo interi romanzi. Oh, voi non mi conoscete! E' vero, non si può vivere senza sognare, ho incontrato due o tre donne, ma che donne possono essere state? Erano una specie di locatrici tali che.
Ma voi riderete di me se vi racconto che qualche volta ho pensato di attaccare discorso così semplicemente con qualche aristocratica per strada, ovviamente quando non era accompagnata, pensavo naturalmente che avrei iniziato a parlare timidamente, con rispetto e con passione, le avrei detto che da solo stavo per morire, così lei non mi avrebbe scacciato, che non avevo alcun modo di conoscere una donna, le avrei ispirato l'idea che la donna ha il dovere di non respingere la timida preghiera di un uomo infelice come me. Che infine tutto ciò che io chiedevo non erano altro che due parole fraterne dette con sentimento di partecipazione, chiedevo solo di non scacciarmi al primo approccio, di credere a ogni mia parola, di ascoltare ciò che le avrei detto, di ridere di me se le facesse

piacere, ma di lasciarmi la speranza di dirmi due parole, solo due parole e poi potevamo anche non incontrarci mai più! Ma voi ridete! Del resto lo racconto solo per farvi ridere".

"Non irritatevi, io rido solo perché voi siete nemico di voi stesso e se voi aveste tentato ciò che avevate in mente ci sareste riuscito anche se tutto fosse dovuto accadere per strada, più semplicemente le cose avvengono meglio è, mai una donna di indole buona a meno che non fosse poco intelligente o magari irritata in quel momento si deciderebbe a mandarvi via senza quelle due parole che voi supplicate con tanta timidezza, che dovrei dire? Certo vi avrei preso per un pazzo giudicando dal mio punto di vista. Eppure so bene come gli uomini vivano in questo mondo!"

"Oh, vi ringrazio" mi lasciai sfuggire un'esclamazione, voi non immaginate quel che avete fatto per me, ora!

"Bene bene! Ma ditemi come avete capito che io sono una donna con la quale, insomma una donna che voi avete considerato degna di attenzione e di amicizia. In una parola non una locatrice, come le chiamate, perché avete deciso di avvicinarmi?"

"Perché? Perché? Ma voi eravate sola, quel signore sembrava troppo ardito ed è notte, voi stessa dovete convenire che questo era un dovere".

"No, no, ancora prima là dall'altro lato. Non volevate già avvicinarmi?"

"Là da quell'altro lato? Davvero non saprei come rispondervi, ho paura. Sapete, oggi ero felice, camminavo, cantavo, ero stato fuori città, fino ad allora non avevo mai vissuto attimi così felici. Voi, ma forse era solo un'impressione. Perdonatemi se ve lo ricordo, ho avuto l'impressione che voi piangeste e io... io non potevo ascoltare quel, mi si è stretto il cuore. Oh, Dio mio! Non posso forse rattristarmi per voi? Era forse un peccato provare un senso di compassione fraterna per voi? Perdonate, ho detto compassione. Insomma, in una parola, ho potuto forse offendervi per il fatto che ho pensato di avvicinarmi a voi?".

"Basta, non aggiungete altro" disse la ragazza abbassando gli occhi e stringendo la mia mano. "Io stessa sono colpevole per aver incominciato a parlare di questo, ma sono anche contenta di non essermi sbagliata su di voi. Eccomi già a casa mia, devo andare da questa parte nel vicolo, di qui sono due passi. Addio, vi ringrazio".

"E' possibile, è possibile che non ci vedremo mai più? Che il nostro incontro rimanga così?"

"Vedete," disse ridendo la ragazza, all'inizio volevate solo due parole, e adesso, del resto, io non vi dirò nulla, forse ci incontreremo ancora.

"Verrò qui domani" dissi io. "Oh, perdonatemi, io lo pretendo già".

"Sì, voi siete impaziente, voi quasi pretendete".

"Ascoltate, ascoltate!" l'interruppi. "Perdonatemi se vi dirò ancora qualcosa, ecco, vedete, domani non potrò non venire qui.

Io sono un sognatore, ho vissuto così poco la vita reale che attimi come questi non posso non ripeterli nei sogni. Vi sognerò per tutta la notte, per tutta la settimana, per tutto l'anno.

Sicuramente domani ritornerò qui, proprio qui, in questo posto e proprio a quest'ora e sarò felice ricordando quello che è successo.

Già questo posto mi è caro. A Pietroburgo esistono già due o tre di questi posti. Una volta mi sono messo persino a piangere al ricordo come voi, perché forse, chissà, anche voi, dieci minuti fa, piangevate per un ricordo, ma perdonatemi, ho divagato di nuovo, voi forse una volta siete stata qui particolarmente felice".

"D'accordo" disse la ragazza, anch'io verrò qui domani per le dieci. Vedo che ormai non ve lo posso vietare, ecco di che si tratta, io domani devo trovarmi qui, non pensate che vi abbia dato un appuntamento qui, vi avverto che devo essere qui per motivi miei. Ma ecco, ve lo dico sinceramente, anche se voi verrete, non ci sarà nulla di male, in primo luogo, ci potrebbe essere, come oggi, qualche episodio spiacevole, ma lasciamo perdere, in una parola, vorrei semplicemente rivedervi per dirvi due parole. Solo badate a non giudicarmi male, adesso. Non pensate che io dia appuntamenti con tale facilità, l'avrei anche fatto se. Ma lasciamo che questo resti il mio segreto! Ma prima facciamo un patto.

"Un patto! Parlate, dite, dite tutto prima, io acconsento a tutto, sono pronto a tutto" esclamai estasiato, io rispondo di me stesso, sarò obbediente, rispettoso, voi mi conoscete.

"Proprio perché vi conosco vi invito domani" disse ridendo la ragazza. "Vi conosco perfettamente, ma guardate, venite ad un patto, in primo luogo (siate solo così buono da fare ciò che vi chiederò, vedete, io vi parlo con ogni franchezza) non vi dovete innamorare di me, vi assicuro che non è possibile. Sono pronta a darvi la mia amicizia, eccovi la mia mano, ma innamorarsi non è possibile, vi prego!"

"Ve lo giuro!" esclamai afferrando la sua piccola mano.

"Basta, non occorre giurare, so benissimo che siete capace di prendere fuoco come polvere. Ma non giudicatemi male se vi parlo così. Se voi solo conosceste, anch'io non ho nessuno con cui scambiare una parola, a cui chiedere un consiglio. Di sicuro non devo cercare un consigliere per strada, ma voi siete un'eccezione. Io vi conosco così bene come se fossimo amici da vent'anni, e davvero voi non cambierete dopo?".

"Vedrete, solo non so come farò a vivere le prossime ventiquattrore".

"Dormite bene, buonanotte e ricordate che vi ho dato la mia fiducia. Poco fa l'avete detto così bene che bisogna rendere conto di ogni sentimento, perfino di una compassione fraterna!

Sapete, questo l'avete detto così bene che subito mi è balenato il pensiero di confidarmi con voi".

"Per amor di Dio, di che cosa?"

"A domani. Per ora dovrà essere un segreto. Meglio per voi, anche se da lontano potrà sembrare un romanzo. Forse domani vi dirò tutto, forse no, parleremo ancora, così ci conosceremo meglio".

"Oh, sì, domani io vi racconterò tutto di me! Ma che cos'è questo? Come se mi accadesse un miracolo, dove sono, Dio mio? Ma ditemi, non siete scontenta per non esservi arrabbiata come avrebbe fatto un'altra donna e per non avermi scacciato fin dal primissimo istante? In due minuti mi avete fatto felice per sempre. Sì, felice, perché, dovete saperlo o forse mi avete riconciliato con me stesso, avete sciolto i miei dubbi, forse mi accadono istanti simili, sì, domani io vi racconterò tutto, voi saprete tutto tutto".

"D'accordo, accetto, inizierete voi".

"Va bene".

"Arrivederci!"

"Arrivederci!"

Ci separammo. Andai in giro tutta la notte, non potevo decidermi a ritornare a casa. Mi sentivo così felice, a domani!

SECONDA NOTTE

"Ecco, vedo che siete riuscito a sopravvivere fino a questo momento!" disse ridendo e stringendomi tutte e due le mani.
"Sono qui ormai da due ore, voi non potete sapere in quale stato ho trascorso tutto il giorno".
"Lo so, lo so... ma torniamo a noi. Sapete perché sono venuta? Non per parlare di sciocchezze come ieri. Ecco, da adesso in poi dobbiamo comportarci con maggiore saggezza. Ieri vi ho pensato a lungo".
"In che cosa dovremmo essere più saggi? Per quanto mi riguarda io sono pronto ma, ad essere sinceri, non mi è mai accaduto nulla di più saggio".
"Davvero? In primo luogo, vi prego, non stringete le mie mani così, in secondo vi devo confessare che oggi ho pensato molto a voi".
"E allora che cosa avete concluso?"
"Che cosa ho concluso? Ho concluso che bisogna cominciare tutto da capo perché alla fine oggi ho deciso che io non vi conosco affatto, che ieri mi sono comportata come una bambina e va da sé la conclusione, ho deciso che tutta la colpa era del mio buon cuore, cioè mi sono auto elogiata, come succede sempre quando si comincia ad analizzare le proprie vicende. Ma per riparare all'errore ho deciso che devo sapere tutto di voi e nel modo più approfondito. Dal momento che non posso informarmi su di voi se non da voi stesso, dovrete allora raccontarmi tutti i vostri segreti. Ditemi, che

uomo siete? Fate presto, su, cominciate a raccontarmi la vostra storia".

"La mia storia!"esclamai smarrito. "La mia storia! Ma chi vi ha detto che io ho una storia? Io non ho una storia".

"Allora come siete vissuto, se non avete una storia?" mi interruppe ridendo.

"Sono completamente senza una storia. Come si dice da noi, ho vissuto per me stesso, cioè completamente solo. Solo, completamente solo, sapete che vuol dire solo?"

"Come solo? Vuol dire che non avete mai visto nessuno?"

"Oh, no, in quanto a vedere le persone ne vedo e tuttavia sono solo".

"Forse non parlate con nessuno?"

"Nel senso vero della parola con nessuno".

"Spiegatemi che tipo siete, spiegatemelo! Aspettate, forse sto intuendo, di sicuro avete una nonna come me. E cieca e già da tempo non mi lascia andare da nessuna parte, così ho quasi disimparato a parlare. E quando due anni fa avevo commesso una birichinata e si era resa conto che non mi avrebbe potuto trattenere, mi chiamò a sé e cucì il mio vestito al suo con uno spillo. E così, da quel momento, stiamo insieme per giornate intere, lei fa la calza anche se è cieca e io le sto accanto cucendo o leggendole un libro ad alta voce. Un'esistenza strana così, attaccata con uno spillo da due anni".

"Oh, Dio mio, che disgrazia! Ma io non ho una nonna del genere".

"Allora, se non l'avete, come mai dovete stare a casa?"

"Ma voi volete proprio sapere chi sono io?"
"Certo, sì, sì!"
"Nel senso stretto della parola?"
"Nel senso più stretto della parola!"
"Allora lasciatemi dire, sono un tipo".
"Un tipo? Che tipo?" esclamò la ragazza scoppiando in una tale risata che sembrava che non avesse riso per un anno intero. "E' molto divertente stare con voi! Guardate, qui c'è una panchina, sediamoci! Qui non viene nessuno e nessuno potrà sentirci. Cominciate la vostra storia, anche se volete convincermi del contrario voi avete una storia, solo che la nascondete. Prima di tutto che cos'è un tipo?"
"Un tipo? Un tipo è un originale, è un uomo ridicolo!" risposi io, scoppiando in una risata dopo quella infantile di lei. "E' un carattere particolare. Sentite, voi sapete che cosa sia un sognatore?"
"Un sognatore? Permettete, ma come si può non saperlo? Anch'io sono una sognatrice! A volte, quando sto seduta accanto alla nonna, quante cose mi passano per la testa! Quando si comincia a sognare si possono immaginare tante cose, addirittura che sto per sposare un principe cinese, ma d'altra parte fa bene sognare! Ma no, Dio mio, soprattutto quando, anche senza sognare, ci sono altri pensieri per la testa" aggiunse la ragazza assumendo questa volta un'espressione seria.
"Magnifico! Se già qualche volta avete sposato un principe cinese, allora mi potrete comprendere alla perfezione. Dunque ascoltate. Ma permettete, io non so ancora come vi chiamate".

"Finalmente! Vi siete ricordato presto di chiedermelo!"
"Ah, Dio mio! Non mi è venuto in mente, anche così mi sentivo felice".
"Mi chiamo Nasten'ka".
"Nasten'ka! Solo?"
"Solo! Vi sembra poco, siete così insaziabile?"
"Poco? Anzi è molto, molto, moltissimo, Nasten'ka, mia cara ragazza. Fin dalla prima volta voi siete diventata per me Nasten'ka!"
"Che dite? Davvero?"
"Ecco, ascoltate, Nasten'ka, che storia ridicola ne viene fuori".
Mi sedetti vicino a lei, assunsi un atteggiamento serio da uomo meticoloso e cominciai a raccontare così come si scrive nei libri, "Esistono a Pietroburgo, Nasten'ka, alcuni strani angolini, anche se voi non li conoscete. In quei posti sembra che non arrivi quel sole che brilla per tutti gli abitanti di Pietroburgo ma un altro sole quasi ordinato appositamente per quegli angolini e risplende di una luce diversa, particolare. In quegli angolini, cara Nasten'ka, sembra svolgersi una vita diversa, che non somiglia affatto a quella che ribolle intorno a noi, una vita come potrebbe svolgersi nel trentesimo regno di fiaba e non da noi, nella nostra epoca così seria e così dura. Ecco, questa vita è un miscuglio di elementi puramente fantastici, ardentemente ideali e, ahimè, Nasten'ka, di elementi banalmente prosaici e abitudinari, per non dire inverosimilmente volgari".
"Oh, Signore Iddio! Che introduzione! Che cosa sentirò ancora?"

"Sentirete, Nasten'ka (credo che non smetterò mai di chiamarvi Nasten'ka) sentirete che in questi angolini vivono degli uomini strani, dei sognatori. Il sognatore, se serve una definizione precisa, non è un uomo ma, sapete, una specie di essere neutro. Si stabilisce prevalentemente in un angolino inaccessibile, come se volesse nascondersi perfino dalla luce del giorno e, ogni volta che si addentra nel suo angolino, vi aderisce come la chiocciola al guscio e diventa simile a quell'animale divertente chiamato tartaruga che è nello stesso tempo un animale e una casa. Perché pensate che lui ami tanto le sue quattro pareti dipinte immancabilmente di verde, affumicate, tetre, annerite all'inverosimile? Perché questo signore ridicolo, quando va a trovarlo uno dei suoi rari conoscenti (e va a finire che tutti i suoi conoscenti si trasferiscono da qualche altra parte) gli va incontro così confuso, così alterato in volto e in preda a un tale turbamento, come se avesse appena commesso un crimine tra le sue quattro pareti, come se avesse fabbricato banconote false o avesse mandato dei versi a qualche rivista insieme ad una lettera anonima, nella quale dichiara che veramente il poeta è ormai defunto, ma che un amico ritiene sacro dovere di far pubblicare l'opera poetica dello stesso? Perché, ditemi, Nasten'ka, la conversazione tra i due non lega? Perché dalla lingua dell'improvviso ospite e dell'amico titubante non esce fuori una risata o una parolina ardita? Eppure gli piace molto ridere, gli piacciono molto le paroline audaci, i discorsi sull'altro sesso e su altri argomenti divertenti. Perché infine questo amico, probabilmente conosciuto da poco, alla prima visita (perché in questo caso non ve ne sarà una seconda né vi sarà un altro conoscente a fargli visita) si turba tanto, si irrigidisce nonostante il suo animo scherzoso (se lo possiede) guardando il viso allarmato del padrone di casa, il quale, a sua volta, ha già fatto in tempo a smarrirsi ed a perdere completamente la bussola, dopo sforzi eroici, ma vani, per ravvivare e dare brio alla conversazione, per dimostrare da parte sua una certa familiarità con le conoscenze della buona società, per parlare del bel sesso e magari per condiscendenza, per rendersi simpatico a quel poveretto fuori posto, capitato da lui in visita per errore?

Perché infine l'ospite afferra improvvisamente il cappello e se ne va in gran fretta, ricordandosi ad un tratto di un affare estremamente urgente che non è mai esistito e in qualche modo libera la sua mano dalle strette ardenti del padrone di casa che, in tutte le maniere, cerca di mostrare un pentimento e di rimediare a ciò che sta perdendo? Perché l'amico, appena fuori dalla porta, scoppia in una risata e subito giura a se stesso di non andare più da quell'originale, nonostante che quell'originale sia in fondo un ragazzo delizioso e nello stesso tempo in nessun modo può vietare alla sua immaginazione un piccolo piacere, quello di paragonare, anche da lontano, i lineamenti del recente interlocutore al momento del loro incontro con il muso di un gattino infelice, maltrattato dai bambini, spaventato, infastidito in tutti i modi, perfidamente imprigionato, del tutto smarrito, che finalmente è riuscito a nascondersi sotto una sedia al buio e lì per un'ora intera non fa che rizzare il pelo, sbuffare e lavare il suo musetto offeso con le due

zampe e a lungo considererà ancora in modo ostile la natura, la vita e il boccone dal pranzo del padrone conservato per lui da qualche compassionevole domestica?"
"Sentite" m'interruppe Nasten'ka che per tutto il tempo mi aveva ascoltato con stupore, con gli occhi e la piccola bocca aperti, sentite, non so come tutto ciò sia potuto accadere e perché rivolgiate proprio a me domande così ridicole, ma so con sicurezza che tutte queste avventure sono successe proprio a voi, precisamente.
"Senza dubbio" risposi con un'espressione serissima in viso.
"Se è così, allora continuate" rispose Nasten'ka, perché ho tanta voglia di sapere come va a finire.
"Volete sapere, Nasten'ka, che cosa faceva il nostro eroe nel suo angolino o, per meglio dire, io, perché l'eroe di questo racconto sono io, proprio io, con la mia modesta persona, voi volete sapere perché mi ero sgomentato e smarrito per tutto il giorno dopo un'improvvisa visita del mio amico? Volete sapere perché fossi così sobbalzato, così arrossito dopo aver aperto la porta della mia stanza, perché non avessi saputo accogliere un ospite e come fossi stato vergognosamente annientato dall'onere dell'ospitalità?"
"Certo, sì, sì!" rispose Nasten'ka, proprio così. Sentite, però, voi sapete raccontare meravigliosamente, ma non è possibile raccontare in modo meno meraviglioso? Sembra che parliate come un libro stampato.

"Nasten'ka!" dissi con voce solenne e severa, a fatica trattenendo il riso, cara Nasten'ka, so di parlare in tono sublime, ma dovete scusarmi, non so raccontare in modo diverso.

Adesso, cara Nasten'ka, assomiglio allo spirito del re Salomone rinchiuso per mille anni dentro una giara con sette sigilli e dalla quale infine hanno strappato tutti e sette i sigilli.

Adesso, dolce Nasten'ka, noi ci incontriamo di nuovo dopo una così lunga separazione, perché è da molto che io vi ho conosciuta, perché è da tanto tempo che cercavo qualcuno, e questo incontro è un segno che cercavo proprio voi e che c'era destinato di incontrarci ora. Adesso nella mia testa si sono aperti mille torrenti e io devo rovesciare fuori fiumi di parole, altrimenti soffoco. E così vi prego di non interrompermi, Nasten'ka, e di ascoltarmi, rassegnata e docile, altrimenti dovrò soffocare.

"No, no, per niente! Parlate! Adesso non dirò più una parola".

"Continuo, nella mia giornata, Nasten'ka, esiste un'ora che io amo in modo particolare. E' l'ora in cui finiscono quasi tutti gli affari, gli impegni e i doveri e tutti quanti si affrettano a casa per pranzare e per riposare e qui per strada pensano ad altri argomenti allegri, come potrebbero passare la serata, la notte e tutto il tempo libero che ancora loro rimane. A quell'ora anche il nostro eroe, permettetemi, Nasten'ka, di raccontare in terza persona, perché mi vergogno terribilmente a raccontarlo in prima persona e così a quell'ora il nostro eroe, che non è rimasto inattivo, cammina dietro agli altri. Ma una strana sensazione di contentezza si nota sul suo volto, così pallido da sembrare leggermente avvizzito. Lui guarda immedesimato nel crepuscolo che si spegne lentamente sul freddo cielo di Pietroburgo. Quando io dico guarda non dico la verità, lui non guarda, contempla senza rendersene conto, come se fosse stanco o occupato al tempo stesso con altri pensieri più interessanti, tanto da poter solo di sfuggita, quasi involontariamente, dedicare un po' di tempo a ciò che gli sta intorno. Lui è contento perché fino a domani ha lasciato i tediosi "affari" e si sente come uno scolaro al quale è stato concesso di correre via dal banco verso i suoi giochi preferiti e le birichinate. Guardatelo in disparte, Nasten'ka, vi accorgerete subito che la sensazione di gioia ha già influito felicemente sui suoi nervi deboli e morbosamente sulla sua immaginazione eccitata.

Ecco che lui pensa a qualcosa, credete che pensi al pranzo? Alla serata di oggi? Che cosa guarda in questo modo? Guarda forse quel signore dall'aspetto rispettabile che in modo così pittoresco ha salutato con un inchino la signora passatagli accanto in una magnifica carrozza trainata da cavalli briosi? No, Nasten'ka, che cosa gli importa di queste sciocchezze? Lui è già ricco adesso della sua particolare vita, come se si fosse arricchito improvvisamente e gli ultimi raggi del sole al tramonto non risplendono invano così allegramente per lui e richiamano in quel cuore intiepidito un intero sciame di sensazioni. Ora lui si accorge appena di quella strada che prima colpiva la sua immaginazione con ogni suo più piccolo particolare. Ora la "dea fantasia" (se aveste letto Zukovskij, cara Nasten'ka) ha già tessuto con la sua mano capricciosa la propria trama d'oro e ha disfatto davanti a lui i ricami di una vita insolita e meravigliosa e chissà, forse lo ha trasportato con quella mano capricciosa al settimo cielo di cristallo, sollevandolo dal massiccio marciapiede di granito sul quale lui stava camminando.

Provate a fermarlo ora, a chiedergli improvvisamente dove si trovi, quali vie ho percorso. Lui certamente non si ricorderà di nulla, né dove sia andato né dove si trovi ora e, arrossendo per il dispetto, certamente dirà una bugia qualunque, tanto per salvare la faccia. Ecco perché è sobbalzato così e per poco non si è messo a gridare guardandosi intorno con spavento quando un'anziana signora molto rispettabile lo ha fermato in mezzo al marciapiede per chiedergli informazioni sulla strada smarrita.

Spaventato per la stizza lui riprende il cammino, accorgendosi appena che più di un passante ha sorriso e si è voltato a guardarlo e che qualche bambina, dopo avergli ceduto timorosamente il passo, è scoppiata in una fragorosa risata vedendo il suo largo sorriso contemplativo e i movimenti delle sue mani. E intanto la stessa fantasia ha sollevato in un volo giocoso la signora anziana, i passanti curiosi, la ragazza ridente e i contadini che passano la serata nelle loro chiatte ancorate sulla Fontana (immaginiamo che il nostro eroe a quell'ora sia passato di lì) ha intessuto giocosamente tutto e tutti nel suo canovaccio, come mosche in una ragnatela, arricchito da ciò che ha acquistato, quell'originale è già tornato nella sua tana consolante, si è seduto per pranzare, anzi ha già pranzato ed è ritornato in sé solo quando Matrëna, che lo serve meditabonda e eternamente triste, ha portato via ogni cosa dalla tavola e gli ha portato la pipa, allora è tornato in sé e ha ricordato con stupore di aver già pranzato, non rendendosi conto del tutto di come lo abbia fatto. La stanza è invasa dal buio, nella sua anima regnano il vuoto e la tristezza, tutto il regno dei sogni intorno a lui è crollato senza lasciare traccia, senza rumori, senza chiasso, è svanito come una visione e lui stesso non ricorda che cosa ha sognato. Ma una sensazione oscura a poco a poco consuma e agita sempre più il suo petto, un desiderio nuovo, tentatore pizzica e irrita la sua fantasia e impercettibilmente attira uno sciame di nuovi fantasmi. Nella piccola stanza regna il silenzio, la solitudine e la pigrizia accarezzano la sua immaginazione, essa si infiamma piano e piano si mette a bollire come l'acqua nella caffettiera della vecchia Matrëna che, nella cucina accanto, prepara placidamente il suo caffè. Ecco che l'immaginazione di lui già prorompe in nuovi bagliori, ecco che il libro aperto senza scopo e a caso cade dalle mani del mio sognatore che non è giunto nemmeno alla terza pagina. La sua immaginazione è di nuovo riacutizzata, risvegliata e improvvisamente un nuovo mondo, una nuova e affascinante vita bruciano davanti a lui in tutta la loro scintillante prospettiva. Un nuovo sogno, una felicità nuova, una nuova dose di raffinato e voluttuoso veleno! Oh, che importanza ha per lui la nostra vita reale! Secondo il suo sguardo corrotto noi due, Nasten'ka, viviamo con tale lentezza, pigrizia, fiacchezza, siamo così insoddisfatti del nostro destino, siamo così annoiati dalla nostra vita! E infatti guardate come in realtà i nostri rapporti al primo sguardo possono apparire freddi, tristi, quasi ostili, 'Poveri!' pensa il mio sognatore. E non è strano che pensi così! Guardate questi magici fantasmi che si dispongono in modo tanto ammaliante e capriccioso in un ampio quadro così accattivante, animato, dove in primo piano si trova sempre lui, il nostro sognatore con la sua preziosa persona. Guardate quante avventure diverse, che infinito sciame di sogni esaltanti. Forse chiederete che cosa lui sogni. Che senso ha chiederlo? Lui sogna tutto, sogna della missione del poeta all'inizio non riconosciuto, poi rinomato, sogna l'amicizia con Hoffmann la notte di San Bartolomeo, Diana Vernon, il ruolo eroico di Ivan Vasil'evitch alla presa di Kazan', Clara Movray, Evia Dens, il concilio di sacerdoti con Hus davanti a loro, la resurrezione dei morti di Robert (ricordate quella musica? ha l'odore del cimitero) Minna e Brenda, la battaglia presso Berezina, la lettura di un poema nella casa della contessa V.D., Danton, Cleopatra e i suoi amanti, la casetta a Kolomna, il suo angolino e, vicino, una cara creatura che sta ad ascoltarlo in una sera d'inverno con gli occhi e la piccola bocca aperti come mi ascoltate ora voi, mio piccolo angioletto, no, Nasten'ka, a che cosa servirebbe a lui, a quel voluttuoso pigrone questa vita che noi due desideriamo tanto? Lui pensa che sia una vita povera, misera, non immaginando che anche per lui forse suonerà una volta quella triste ora, quando per un giorno di quella misera vita avrebbe dato tutti i suoi anni di fantasticherie e non li avrebbe dati in cambio di gioia e di felicità e non avrebbe voluto nemmeno scegliere in quell'ora di tristezza, di pentimento e di libero dolore. Intanto quell'ora, quell'ora non è ancora giunta, lui non desidera nulla, essendo superiore ad ogni desiderio e possedendo tutto perché è sazio, perché lui stesso è artefice della sua vita creandola ad ogni momento a suo capriccio. E con quanta leggerezza, con quanta naturalezza si crea questo mondo fantastico e fiabesco! Sembra addirittura che la sua visione sia palpabile! In quel momento lui si sente in diritto di credere che tutta quella vita non sia un effetto dell'eccitazione, un miraggio, un inganno dell'immaginazione, ma qualcosa di vero, di reale, di esistente. Ditemi, Nasten'ka, perché in momenti simili gli manca il respiro? Per quale magia, per quale volontà sconosciuta il polso gli si accelera, sgorgano le lacrime dagli occhi del sognatore, bruciano quelle guance pallide e umide e tutta la sua esistenza si riempie di una gioia irresistibile?

Perché intere notti insonni passano come un lampo in una sconfinata felicità e allegria e quando, con i rosei raggi, l'aurora brilla alla finestra e l'alba illumina la stanza con la sua luce fantastica e incerta come da noi a Pietroburgo, il nostro sognatore affaticato e sfinito si butta sul letto e si addormenta nelle ansie della sua estasi, che avverte nel suo spirito morbosamente sconvolto e con tale dolore languido-dolce nel cuore? Sì, Nasten'ka, ti sbagli e credi involontariamente dall'esterno che una vera passione agiti la sua anima, credi che ci sia qualcosa di vivo e di tangibile in quei sogni immateriali.

E quale sbaglio! Ecco, ad esempio, l'amore ha invaso il suo petto con tutta la sua inesauribile gioia, con tutti i suoi languidi tormenti, guardatelo solo e vi convincerete! Credete forse guardandolo, cara Nasten'ka, che lui non abbia mai conosciuto colei che ha tanto amato nel suo frenetico sognare? Non l'ha forse vista solo tra i seducenti fantasmi e l'ha solo sognata questa passione? Non hanno forse passato mano nella mano molti anni della loro vita da soli in due respingendo tutto il mondo e unendo ognuno il proprio mondo, la propria vita con la vita dell'altro? Non è stata forse lei a quell'ora tarda al momento della separazione ad abbandonarsi singhiozzante e in preda all'angoscia sul petto di lui, sorda alla tempesta che si scatenava sotto il cielo oscurato, sorda al vento che strappava e portava via lacrime dalle ciglia nere? Tutto ciò era stato forse un sogno e anche quel giardino triste, abbandonato e selvaggio, con sentieri ricoperti di muschio solitario, cupo, dove avevano passeggiato così spesso in due, dove avevano sperato, si erano angosciati, dove si erano amati così a lungo e così teneramente? E quella strana casa degli avi, dove lei era vissuta tanto tempo triste e in solitudine con il vecchio e tetro marito bilioso che taceva sempre e che spaventava loro che erano timidi come bambini e si nascondevano a vicenda il loro amore reciproco con timore e con malinconia? Come soffrivano, come erano spaventati, come innocente e puro era il loro amore e come (e va da sé, Nasten'ka) erano cattivi gli uomini! Oh, Dio mio, ma non l'aveva incontrato forse dopo qualche tempo, lontana dalle rive della sua patria, sotto un cielo straniero, meridionale, caldo, in una città eterna e meravigliosa, nello sfolgorio di un ballo, al suono della musica in un palazzo (proprio in un palazzo) immerso in un mare di luci, su quel balcone ricoperto dal mirto e dalle rose? E lei, dopo averlo riconosciuto, si tolse in fretta la sua maschera e sussurrò, "Sono libera" e tremando, si gettò tra le sue braccia dopo un grido di esultanza, si abbracciarono e in un attimo dimenticarono la sofferenza, la separazione, tutti i tormenti, la casa triste, il vecchio, il giardino cupo nella patria lontana, la banchina sulla quale, dopo l'ultimo bacio appassionato, lei si strappò con disperata sofferenza dal suo abbraccio pietrificato.

Oh, voi acconsentirete, Nasten'ka che si possa sussultare, turbare e arrossire come uno scolaretto il quale abbia messo in tasca la mela rubata dal giardino del vicino quando un ragazzo alto e forte, un allegro buontempone, un vostro amico non invitato, spalanca la vostra porta e grida come se niente fosse.

"Oh, amici, in questo momento sto tornando da Pavlovsk!" Dio mio, il vecchio conte è morto, è accaduta una fortuna incredibile, ecco la gente che arriva da Pavlovsk!"

Ammutolii dopo aver finito il mio patetico racconto. Ricordo che avevo una terribile voglia di scoppiare in una risata perché già sentivo che in me aveva cominciato ad agitarsi un diavoletto maligno che mi si stringeva la gola e che il mento mi tremava e che gli occhi mi si inumidivano sempre di più, aspettavo che Nasten'ka, che mi ascoltava spalancando i suoi occhi intelligenti, si mettesse a ridere con il suo riso infantile irrefrenabile e allegro e mi ero già pentito di essermi spinto così avanti e di aver raccontato inutilmente quello che da molto tempo mi bolliva nel cuore, cose di cui potevo parlare come se fossero state scritte, perché già da tempo il mio racconto era pronto e pertanto non mi trattenni dalla lettura, dalla confessione, senza presagire quello che poi mi sarebbe capitato, ma con mio stupore lei tacque, esitò per un attimo, stringendomi leggermente la mano e mi domandò con una certa timida partecipazione.

"Avete davvero vissuto così tutta la vostra vita?"

"Tutta la vita, Nasten'ka" risposi io tutta la vita, e credo che la finirò così!

"No, questo non è possibile" disse lei turbata, questo non sarà mai, allora io dovrei vivere tutta la vita appuntata con uno spillo alla nonna. Sapete, non è per niente bello vivere così!

"Lo so, Nasten'ka, lo so!" esclamai io senza riuscire a trattenere il mio sentimento. "E ora so più che mai che ho perso invano i miei anni migliori. Ora lo so e sento una maggiore sofferenza per la coscienza dell'accaduto perché Dio stesso vi ha mandata, mio buon angelo, per dirmelo e dimostrarmelo. Ora, seduto vicino a voi mentre vi parlo, provo paura al pensiero del futuro. Il futuro significa la nuova solitudine, significa ritornare a quella vita immobile e vana e di che cosa potrò sognare se nella realtà io sono stato tanto felice vicino a voi!

Oh, siate benedetta, cara ragazza, perché non mi avete respinto la prima volta, perché ora posso dire davvero di aver vissuto almeno due sere nella mia vita!"

"Oh, no, no!" esclamò Nasten'ka e le lacrime le brillarono negli occhi, non vivrete più così, noi non ci separeremo! Che cosa significano due sere!

"Oh, Nasten'ka, Nasten'ka, voi non sapete che mi avete riconciliato per lungo tempo con me stesso? Sapete che già fin da ora non penserò più così male di me stesso come ho pensato in certi momenti? Sapete che forse non mi tormenterò più per i delitti e per i peccati che ho commesso nella mia vita perché è una vita così che è un delitto e un peccato? E non dovete pensare che io possa aver esagerato per amor di Dio, non pensatelo proprio, Nasten'ka perché a volte mi assalgono momenti di tale angoscia, di tale angoscia! In quei momenti io comincio già a credere che non sarò più capace di vivere una vita vera, mi sembra di aver perso ogni connotazione, ogni senso della realtà, della verità. Ecco che alla fine mi maledico e, dopo le mie notti passate a fantasticare, arrivano per me momenti di sobrietà che sono terribili. E intanto sento come intorno a me rintrona e gira la folla avvolta da un vortice di vita o dove o come vive la gente in realtà vedo che la vita per loro non è stata preordinata, che la loro vita non si spezzerà come un sogno, come una visione, che la loro vita si rinnova eternamente, sempre eternamente giovane e nessun'ora assomiglia all'altra, mentre la mia fantasia è triste, monotona fino alla volgarità, spaventata, schiava dell'ombra del pensiero, schiava della prima nube che improvvisamente oscura il sole e riempie di angoscia un autentico cuore pietroburghese che ama così tanto il suo sole. Già, quanti pensieri in quell'angoscia! Allora senti che la fantasia, quella "inesauribile" fantasia alla fine si stanca, si esaurisce in quella tensione permanente perché maturata abbandona gli ideali pre sognati, loro cadono in polvere, si spezzano in frammenti, e se non esiste un'altra vita, allora ci tocca costruirla con questi frammenti. Ma intanto l'anima chiede e desidera qualcosa di diverso, invano il sognatore rovista nei suoi vecchi sogni come fra la cenere, cercandovi una piccola scintilla per soffiarci sopra e riscaldare con il fuoco rinnovato il proprio cuore freddo e far risorgere ciò che prima gli era così caro, che commuoveva la sua anima, che gli faceva ribollire il sangue fino a strappargli le lacrime dagli occhi, così ingannandolo meravigliosamente.

Sapete, Nasten'ka, fin dove sono arrivato? Sapete che sono già costretto a festeggiare l'anniversario delle mie sensazioni che un volta amavo tanto, che non sono mai esistite, perché questo anniversario si festeggia per quei sogni sciocchi ed eterei e io lo devo fare perché anche questi sciocchi sogni non esistono più, e non sapere come tenerli in vita anche i sogni muoiono! Sapete che mi compiaccio ora, a date stabilite, di ricordare e visitare quei posti dove sono stato felice nel passato, che mi piace costruire il mio presente in armonia con il passato già irrevocabile e spesso vago come un'ombra senza scopo e senza meta, triste e malinconico, per le tortuose vie di Pietroburgo.

Che ricordi! Mi viene in mente per esempio che, proprio qui, esattamente un anno fa, in questo periodo, a quest'ora precisa, su questo stesso marciapiede, camminavo altrettanto solo e triste come adesso. E ti ricordi che anche allora i sogni erano tristi, anche se la vita non era meglio e tuttavia ti sembra che sia stata più facile e più tranquilla come se quei pensieri cupi che mi hanno assalito non fossero mai esistiti e nemmeno quei rimorsi di coscienza, rimorsi tetri e tristi che né di giorno né di notte ti danno pace. E ti chiedi, 'Dove sono i tuoi sogni?' e scuotendo la testa dici, 'Come volano in fretta gli anni!' E di nuovo ti chiedi, 'Che cosa hai fatto con i tuoi anni? Dove hai sepolto il tuo tempo migliore? Hai vissuto o no?' Diciamo a noi stessi, 'Guarda come nel mondo si gela. Passeranno ancora altri anni, a loro seguirà una triste solitudine, arriverà la vecchiaia barcollante sulle grucce e poi l'angoscia e la tristezza.

Impallidirà il tuo mondo fantastico, svaniranno, appassiranno i tuoi sogni e cadranno come le foglie gialle dagli alberi'. Oh, Nasten'ka! Quanto sarà triste rimanere solo, completamente solo e non avere nemmeno un rimpianto, nulla, perché tutto ciò che ho perso non era nulla, era uno sciocco, rotondo zero, soltanto un sogno".

"Basta, smettete di rattristarmi!" disse Nasten'ka asciugandosi una piccola lacrima che le stava scivolando dagli occhi. "Ora è finita! Ora saremo in due, qualunque cosa possa accadermi noi non ci separeremo mai. Sentite, io sono una ragazza semplice, ho imparato poco, anche se la nonna mi ha preso un insegnante, ma io vi capisco perché tutto ciò che mi avete raccontato ora anch'io l'ho vissuto quando la nonna mi cucì al suo vestito. Di certo non avrei potuto raccontarlo così bene come avete fatto voi, io non ho studiato" aggiunse timidamente, perché sentiva un certo senso di rispetto per il mio patetico discorso e per il mio stile elevato, ma sono molto felice che vi siate completamente aperto con me. Adesso io vi conosco perfettamente, vi conosco del tutto. E, sapete, anch'io voglio raccontarvi tutta la mia storia, senza nascondervi nulla, e voi mi darete dopo un consiglio. Voi siete un uomo molto intelligente. Promettete di darmi questo consiglio?

"Ah, Nasten'ka" risposi io, anche se non ho mai dato un consiglio, tanto più un consiglio saggio, ora vedo che, se noi vivremo sempre così, faremo una cosa saggia, e ognuno potrà dare all'altro molti saggi consigli. Allora, mia bella Nasten'ka, che consiglio vi serve? Ditemelo sinceramente, ora mi sento così allegro, felice, ardito e intelligente da non lesinare parole.

"No, no!" interruppe Nasten'ka ridendo, non ho bisogno solo di un consiglio intelligente, me ne serve uno che parta dal cuore, un consiglio fraterno, come se mi amaste già da un secolo.

"D'accordo, Nasten'ka, d'accordo!" esclamai esaltato. "Anche se vi amassi da vent'anni tuttavia non vi amerei di più di adesso".

"La vostra mano!" disse Nasten'ka.

"Eccola!" risposi porgendole la mano.

"Allora incominciamo a raccontare la mia storia".

LA STORIA DI NASTEN'KA

"Voi conoscete già la mia vita per metà, cioè sapete che vivo con una vecchia nonna".
"Se l'altra metà è altrettanto breve quanto questa, "l'interruppi con una risata.
"Tacete e ascoltate. Prima di tutto facciamo un patto, non mi interrompete, altrimenti perderò il filo. Ascoltatemi dunque con calma.
"Vivo con una vecchia nonna. Arrivai da lei molto piccola dopo la morte di mia madre e di mio padre. Bisogna pensare che la nonna una volta doveva essere stata più agiata perché anche ora ricorda giorni migliori. Mi insegnò il francese e in seguito prese un insegnante per me. Quando compii quindici anni (ora ne ho diciassette) smisi di studiare. Ecco, in quel periodo feci qualche birichinata che non vi starò a raccontare, vi basti sapere che si trattava di una cosa insignificante. La mattina invece la nonna mi chiamò e mi disse che, vista la sua cecità, non era più in grado di sorvegliarmi, prese uno spillo e attaccò il mio vestito al suo e mi rivelò che saremmo rimaste così per tutta la vita nel caso io non fossi diventata migliore. In una parola, nei primi tempi non potei allontanarmi in nessun modo, lavoravo, leggevo, studiavo, ma sempre attaccata alla nonna. Una volta tentai una furbizia e convinsi Fëkla a sedersi al mio posto. Fëkla è la nostra domestica ed è sorda. Lei si sedette al mio posto, la nonna a quell'ora si era addormentata nella poltrona e io andai a fare una visita ad un'amica

non lontano. Ma tutto finì male, la nonna si svegliò durante la mia assenza e chiese qualcosa, pensando che io fossi seduta tranquilla al solito posto. Fëkla si rendeva conto che la nonna le chiedeva qualcosa, ma non riusciva a capire che cosa le dicesse, rifletté sul da farsi, poi staccò lo spillo e si allontanò di corsa".
Qui Nasten'ka si fermò scoppiando in una risata. Anch'io risi insieme a lei. Allora lei smise subito di ridere.
"Sentite, non ridete della nonna. Io rido perché tutto è così buffo. Che fare se la nonna è proprio così e solo io le voglio un po' di bene? Allora la nonna se la prese con me, dovetti subito sedermi al mio posto e, addio, non potei più muovermi. Ho dimenticato di raccontarvi che noi, cioè la nonna, ha una casetta, una piccola casa, in tutto tre finestre interamente di legno e vecchia come la nonna, in alto c'è un mezzanino, capitò che da noi si trasferisse un nuovo inquilino".
"A quanto sembra vi era vissuto anche un vecchio inquilino?" osservai di sfuggita.
"Oh, certamente c'era stato anche lui" rispose Nasten'ka, e sapeva tacere meglio di voi. A dire il vero, la lingua la muoveva appena. Era un vecchio rinsecchito, muto, cieco e zoppo, tanto che alla fine non poté più vivere in questo mondo e morì. Avevamo proprio bisogno di un nuovo inquilino, altrimenti non ce l'avremmo fatta a vivere, l'affitto e la pensione della nonna sono quasi tutte le nostre entrate. Il nuovo inquilino, manco a farlo apposta, era un giovane, un forestiero. Dal momento che non aveva mercanteggiato, la nonna gli lasciò la stanza e poi mi domandò.

'Nasten'ka, dimmi, il nuovo inquilino è giovane o no?' Non volevo mentire e risposi, 'Così, così, nonna, non proprio giovane, ma nemmeno vecchio'. 'Ed è di bell'aspetto?' mi domandò la nonna. Non volli mentire di nuovo. 'Sì, ha un aspetto piacevole, nonna'. E la nonna commentò, 'Oh, che castigo! Che castigo! Nipote mia, io te lo dico, cerca di non guardarlo troppo. Che tempi! Vedete un po' un inquilino di poco conto e ha addirittura un aspetto piacevole, cose del genere non capitavano una volta!'

"La nonna rimugina sempre sui tempi andati. Allora lei era più giovane e il sole era più tiepido e la panna non si inacidiva tanto presto, tutto questo nei tempi che furono! Ecco che sto seduta in silenzio mentre penso tra me, 'Perché la nonna mi mette certe cose in testa e perché mi chiede se l'inquilino è bello e giovane?' Ci pensai solo un attimo di sfuggita, poi mi misi nuovamente a contare le maglie, a fare la calza, infine dimenticai tutto.

"Ecco che una mattina l'inquilino viene da noi per precisare che la stanza gli è stata promessa tappezzata. Una parola tira l'altra, la nonna poi è chiacchierona e mi dice, 'Nasten'ka, va' a prendermi il pallottoliere che è in camera mia'. Io sobbalzai subito, diventai tutta rossa, non so perché e dimenticai lo spillo che mi legava alla nonna. Invece di sfilarlo di nascosto perché l'inquilino non lo potesse vedere, diedi un tale strappo che la poltrona della nonna mi venne dietro scivolando. Quando mi accorsi che l'inquilino aveva scoperto tutto, diventai ancora più rossa, rimasi inchiodata al mio posto e improvvisamente scoppiai a piangere. In quel momento provai un tale senso di vergogna e di amarezza da voler scomparire sotto terra. La nonna gridò, 'Perché sei ancora qui?' E io a piangere ancora di più. L'inquilino notò la mia vergogna davanti a lui, salutò discreto e uscì subito.

"Da allora, appena sentivo un rumore in anticamera, mi sentivo gelare. Ecco, pensavo, sta arrivando l'inquilino e pian piano per ogni evenienza slegavo lo spillo. Ma non era lui, non veniva più. Passarono due settimane e l'inquilino mi fece arrivare, tramite Fëkla, un messaggio in cui mi faceva sapere che aveva molti libri francesi, che si trattava di buoni libri che si potevano leggere, nel caso che la nonna l'avesse permesso, me li avrebbe mandati da leggere per distrarmi. La nonna accettò con gratitudine, solo che mi chiedeva di continuo se quei libri fossero morali. 'Altrimenti, se i libri sono amorali, non dovrai leggerli mai, Nasten'ka, impareresti cose cattive'.

"'Che cosa imparerei, nonna? Che cosa vi sta scritto?'

"'Ah' rispose' vi è descritto come dei giovani uomini seducono le ragazze per bene e come, col pretesto di volerle sposare, le portano via dalla casa paterna e poi lasciano quelle giovani infelici in preda al destino ed esse muoiono in modo pietoso. Io, dice la nonna, ho letto molti di quei libriccini e tutto' dice' vi è descritto così bene che stai alzata tutta la notte a leggerli. Ma tu, Nasten'ka' prosegue' non leggerli. Che libri ci ha mandato?'

"'Sono tutti romanzi di Walter Scott, nonna'.

"'Romanzi di Walter Scott! E guarda se non ha combinato qualche brutto scherzo! Guarda se non ci ha messo qualche letterina d'amore!'

"'No, nonna' dico 'non ci sono letterine'.
"'Guarda sotto la rilegatura, quei briganti a volte le infilano nella rilegatura!'
"'No, nonna, anche sotto la rilegatura non c'è nulla.' 'Allora possiamo leggerli!'
"Cominciammo a leggere Walter Scott e in un mese avevamo letto quasi la metà dei romanzi. L'inquilino continuava a mandarceli. Mandò anche le opere di Pushkin tanto che alla fine io non potevo più rimanere senza libri e smisi di pensare a come sposare un principe cinese.
"Andammo avanti così finché una volta incontrai il nostro inquilino sulle scale. La nonna mi aveva mandata a cercare qualcosa. Lui si fermò, io arrossii. Anche lui si fece rosso, ma poi sorrise, salutò, s'informò sulla salute della nonna e mi domandò, 'Avete letto i libri?' Risposi, 'Sì, li ho letti'. 'E quale libro vi è piaciuto più di tutti?' Io risposi, 'Ivanhoe' e le opere di Puskin'. Quella volta tutto finì lì.
"Dopo una settimana lo incontrai di nuovo. Questa volta non era stata la nonna a mandarmi, ma ero uscita per cose mie. Erano le tre, l'ora in cui di solito l'inquilino ritornava. 'Buongiorno!' mi dice e io gli rispondo, 'Buongiorno!'
"'Non vi annoiate' mi domandò 'a star seduta tutto il giorno con la nonna?'
"Dopo la sua domanda, non so perché, diventai tutta rossa, provai vergogna e stizza, probabilmente perché era un estraneo a farmi quella domanda. Avrei voluto andarmene senza una risposta, ma non ne ebbi la forza.

"'Sentite' mi dice 'voi siete una brava ragazza! Scusatemi se vi parlo così, ma vi assicuro che voglio il vostro bene più della nonna. Non avete amiche che potete andare a trovare?'

"Io rispondo di no. Ne avevo una sola, Mashen'ka, ma questa si era trasferita a Pskov.

"'Sentite' mi dice 'vi farebbe piacere andare con me a teatro?'

"'A teatro? E la nonna?'

"'Sì, voi potreste andarvene dalla nonna piano in silenzio'.

"'No' rispondo 'non voglio ingannare la nonna. Arrivederci'.

"'Allora arrivederci' disse senza aggiungere altro.

"Dopo il pranzo venne da noi, si sedette, chiacchierò a lungo con la nonna, le domandò se uscisse di casa per andare da qualche parte, se avesse conoscenze e poi disse ad un tratto, 'Ho preso per oggi un palco all'opera. Danno 'Il Barbiere di Siviglia', volevano venirci dei conoscenti, ma poi hanno rinunciato e mi è rimasto il biglietto'.

"'Il Barbiere di Siviglia!" esclamò la nonna. 'Proprio quello che rappresentavano ai vecchi tempi?'

"'Sì' disse l'inquilino 'è lo stesso'. Poi mi guardò. Io avevo già capito tutto, arrossii e il cuore mi batteva nel petto per l'attesa.

"'Come non conoscere quell'opera?' disse la nonna. 'Io stessa avevo recitato la parte della Rosina nel nostro teatro familiare!'

"'E non vorreste venire oggi?' domandò l'inquilino. 'Il biglietto andrebbe perso'.

"'Sì, perché no? andiamo' disse la nonna. 'Perché non dovremmo andare? E poi Nasten'ka non è mai stata a teatro'.

"Dio mio, che gioia! Ci vestimmo subito e partimmo. Anche se la nonna è cieca, tuttavia aveva una gran voglia di ascoltare la musica e inoltre è una buona vecchietta, voleva che io mi divertissi perché da sole non ci saremmo andate mai. Non vi racconterò quale sia stata la mia impressione del 'Barbiere di Siviglia'. Vi dirò solo che l'inquilino continuò a fissarmi con uno sguardo tanto buono per tutta la sera, mi parlò con tale simpatia da farmi intuire che quella mattina mi aveva messo alla prova con la proposta di andare a teatro da sola con lui. Che gioia! Andai a letto così fiera, così allegra, il cuore mi batteva così forte che mi venne una leggera febbre e sognai per tutta la notte 'Il Barbiere di Siviglia'.

"Pensavo che dopo questo episodio lui sarebbe venuto più spesso a trovarci, ma non fu così. Aveva quasi smesso di farci delle visite. Così, una volta al mese, capitava da noi e soltanto per invitarci a teatro. In seguito ci andammo altre due volte, ma io non ne fui contenta. Mi accorgevo che lui provava compassione per me perché ero costretta a vivere come in un recinto e niente altro. Con il passare del tempo non ressi più, non riuscivo a stare seduta né a leggere né a lavorare. Certe volte ridevo e facevo dispetti alla nonna, altre volte invece semplicemente piangevo. Infine dimagrivo e per poco non mi ammalai. La stagione teatrale era finita e l'inquilino smise del tutto di farci visita. Quando ci incontravamo e sempre sulla stessa scala lui mi faceva un inchino in silenzio e così serio, come se non volesse rivolgermi la parola e già stava sul pianerottolo mentre io ero ancora a metà delle scale, rossa come una ciliegia perché ogni volta che l'incontravo tutto il sangue mi affluiva alla testa.

"Adesso sono quasi alla fine. Esattamente un anno fa, a maggio, l'inquilino venne da noi e ci disse che i suoi affari qui erano finiti e che doveva tornare di nuovo per un anno a Mosca. Quando sentii questa notizia impallidii e caddi su una sedia come morta. La nonna non si accorse di niente e lui, dopo averci comunicato la sua partenza, si inchinò e uscì dalla stanza.

"Che fare? Pensai e ripensai, mi tormentai a lungo e infine mi decisi. Doveva partire il giorno seguente e io decisi di chiarire tutto quella sera, dopo che la nonna si fosse coricata. Accadde proprio così. Raccolsi in un piccolo fagotto tutti i miei vestiti, la biancheria necessaria e con quel fagottino tra le mani, più morta che viva, salii al mezzanino dal nostro inquilino. Penso che per salire mi ci fosse voluta un'ora intera. Quando aprii la porta lui emise un grido trattenuto per la sorpresa di vedermi, credette che fossi un fantasma, corse subito per prendere dell'acqua perché non riuscivo a reggermi sulle gambe. Il cuore mi batteva in modo da farmi dolore alla testa e i pensieri mi si erano annebbiati. Quando rinvenni incominciai a mettere il mio fagottino sul letto, mi ci sedetti accanto e scoppiai in un pianto a dirotto, dopo essermi coperta il viso con le mani. A quanto pare lui in un attimo comprese tutto, stava davanti a me pallido e mi guardava con una tale tristezza da spezzarmi il cuore.

"'Sentite' iniziò 'sentite, Nasten'ka, non posso fare nulla, sono un uomo povero. Per ora non ho nulla, neppure un impiego decente. Come potremmo vivere se io dovessi sposarvi?'

"Parlammo a lungo, ma poi fui presa dal delirio, dissi che non potevo più vivere con la nonna, che sarei scappata, che non volevo che mi si cucisse con uno spillo e, se lui era d'accordo, sarei partita con lui per Mosca perché senza di lui non potevo più vivere. La vergogna, l'amore e l'orgoglio parlavano in me tutti insieme e per poco non ebbi un attacco di nervi. Avevo tanta paura di un rifiuto!

"Per qualche istante rimase in silenzio, poi si alzò, mi si avvicinò e prese la mia mano.

"'Sentite, mia buona Nasten'ka!' cominciò anche lui con la voce velata dal pianto 'sentite, vi giuro che, se un giorno sarò in grado di sposarmi, sarete solo voi a fare la mia felicità. Vi assicuro che voi sola potete farmi felice. Sentite, parto per Mosca e ci resterò per un anno. Spero di sistemare i miei affari. Quando sarò di ritorno e voi mi amerete ancora, vi giuro che saremo felici. Adesso non è possibile, io non posso, non ho nessun diritto di promettervi nulla. Ma ripeto, se ciò non avverrà in un anno, comunque avverrà certamente un giorno, si capisce, nel caso che voi non preferiate un altro, perché io non posso e non oso legarvi con qualche parola'.

"Mi disse queste parole e all'indomani partì. Avevamo deciso di non parlarne alla nonna. Fu un suo desiderio. Ed ecco, ora la mia storia è quasi alla fine. E' passato un anno preciso. Lui è tornato, si trova qui già da tre giorni e... e...".

"E allora?" esclamai nell'impazienza di sentire la fine.

"Finora non si è fatto vedere!" rispose Nasten'ka come se dovesse raccogliere le forze. "Non ha dato segni di vita".

A queste parole si fermò, restò in silenzio per un istante, chinò la testa e ad un tratto, coprendosi il volto con le mani, cominciò a piangere da spezzarmi il cuore. In nessun modo avrei mai immaginato una conclusione simile.

"Nasten'ka!" iniziai con voce timida e convincente. "Nasten'ka! per amor di Dio non piangete! Come l'avete saputo? Forse non è ancora arrivato".

"E' qui, è qui!" ribatté Nasten'ka. "Lui è qui, lo so. Avevamo fatto questo patto allora, alla vigilia della sua partenza, dopo esserci detti tutto ciò che vi ho raccontato avevamo concluso questo patto venendo a passeggiare qui, proprio su questo lungofiume. Erano le dieci, seduti su questa panchina io non piangevo più, era dolce ascoltare le sue parole, mi diceva che subito dopo il suo arrivo sarebbe venuto da noi e se non l'avessi rifiutato avremmo detto tutto alla nonna. Ora è ritornato, lo so e non è venuto".

E di nuovo si sciolse in lacrime.

"Dio mio! Ci sarà un modo per aiutarvi nel vostro dolore?" esclamai sobbalzando dalla panchina in preda alla più completa disperazione. "Dite, Nasten'ka, non potrei andare io da lui?"

"Sarebbe forse possibile?" disse lei, sollevando improvvisamente la testa.

"No, proprio no!" osservai, riconsiderando la situazione. "Ecco cosa c'è da fare, scrivere una lettera".

"No, questo non è possibile, non posso!" rispose lei decisa, ma con la testa piegata, senza guardarmi.

"Come non è possibile? Perché?" ripresi aggrappandomi alla mia idea. "Sapete, Nasten'ka, che lettera va scritta? Tra lettera e lettera ci può essere un abisso e, ah, Nasten'ka, è proprio così, credetemi, credetemi. Non vi darei un consiglio sciocco. Tutto si potrà aggiustare! Siete stata voi a fare il primo passo, perché non dovreste fare ora".

"Non è possibile, assolutamente no! Mi sembrerebbe una sopraffazione".

"Ah, mia buona Nasten'ka!" l'interruppi senza nascondere un sorriso. "No, no, voi ne avete il diritto perché è stato lui a prometterlo. Sì e poi tutto dimostra che lui è un uomo sensibile, si è comportato bene" continuai esaltandomi sempre di più per le mie deduzioni e convinzioni logiche. "Come fu il suo comportamento? Si legò con una promessa. Disse che, ad eccezione di voi, non avrebbe sposato nessuna, è a voi che ha lasciato la completa libertà di rifiutarlo anche subito, in questo caso voi potete fare il primo passo, ne avete il diritto, avete il vantaggio, se volete, di scioglierlo dalla parola data".

"Sentite, come avreste scritto voi la lettera?"

"Cosa?"

"Questa lettera".

"Scriverei così, 'Gentile Signore'".

"E' proprio necessario scrivere 'Gentile Signore'?"

"Assolutamente! Del resto io penso".

"E come continuare?"

"'Gentile Signore! Scusate se io'. No, del resto le scuse non occorrono! Il fatto stesso giustifica tutto, scrivete semplicemente, "'Vi scrivo. Scusate la mia impazienza. Per un anno intero sono stata felice nella speranza, sono forse colpevole se ora non riesco più a sopportare nemmeno un giorno di dubbi? Ora che siete già arrivato forse avete cambiato le vostre intenzioni. Allora questa lettera vi dirà che non vi serbo rancore e non vi biasimo.
Non vi biasimo perché non ho potere sul vostro cuore. Tale è il mio destino! Voi siete una persona di nobili sentimenti. Non sorriderete e non vi offenderete per le mie righe impazienti.
Ricordate che vi scrive una povera ragazza sola al mondo, alla quale nessuno ha potuto insegnare nulla, senza consigli, che non ha mai potuto dominare il proprio cuore. Scusatemi dunque se nel mio cuore, anche per un attimo, si è insinuato il dubbio. Voi non siete capace nemmeno col pensiero di offendere colei che vi ha tanto amato e vi ama ancora'".

"Sì, proprio così come ho pensato anch'io!" esclamò Nasten'ka e la gioia brillò nei suoi occhi. "Oh, voi avete sciolto i miei dubbi, mi siete stato mandato da Dio! Vi ringrazio, vi ringrazio!"

"Ma di che cosa? Perché mi ha mandato Dio?" risposi guardando con esaltazione il piccolo viso di lei.

"Almeno per questo".

"Oh, Nasten'ka! Noi ringraziamo gli altri solo perché vivono insieme a noi. Io vi ringrazio perché ci siamo incontrati, perché vi ricorderò per tutta l'eternità".

"Basta, basta! Ascoltatemi adesso, avevamo fatto un patto allora che, subito dopo il suo ritorno, mi avrebbe dato sue notizie lasciando una lettera in un luogo concordato presso miei conoscenti, persone buone e semplici, che non sapevano nulla di questo, se invece non fosse riuscito a scrivermi una lettera perché in una lettera non tutto si può esporre, allora lui sarebbe venuto proprio qui, dove avevamo deciso di incontrarci, nello stesso giorno del suo arrivo, alle dieci esatte. So che è già arrivato, ma è già passato il terzo giorno senza che lui sia venuto e senza una sua lettera. Di mattina non posso allontanarmi dalla nonna. Consegnate voi stesso la mia lettera domani a quella brava gente della quale vi ho parlato, gliela invieranno e, se ci sarà una risposta, me la porterete voi stesso alle dieci di sera".
"Ma la lettera, la lettera! Prima di tutto bisogna scrivere una lettera! Allora dopodomani avrete la risposta".
"La lettera" disse Nasten'ka un po' titubante, la lettera, ma.
Non finì la frase, prima distolse da me il suo piccolo viso, arrossì come una rosa e ad un tratto io sentii nella mia mano una lettera, evidentemente già scritta da tanto tempo, pronta e sigillata. Un caro ricordo a me familiare mi passò per la mente.
"Ro-Rosi-sina-na!"cominciai io.
"Rosina!"cantammo insieme e mancava poco che l'abbracciassi dall'entusiasmo, lei arrossì come solo lei poteva arrossire, ridendo attraverso le lacrime che, come piccole perle, tremavano fra le nere ciglia.

"Basta, basta! Arrivederci per ora!" disse in fretta. "Eccovi la lettera, eccovi anche l'indirizzo al quale portarla. Addio, arrivederci a domani!"

Lei mi strinse entrambe le mani, scosse la testa e sparì come una freccia verso il suo vicoletto. A lungo rimasi fermo seguendola con gli occhi.

"A domani! A domani!" echeggiava nella mia testa quando lei scomparve ai miei occhi.

TERZA NOTTE

Oggi è stata una giornata triste, piovosa, senza luce, proprio come la mia vecchiaia futura. Mi si agitano per la testa pensieri strani, sensazioni oscure affollano la mia mente, problemi per me ancora poco chiari e che io non ho né la forza né la voglia di risolvere. Non sono problemi che posso risolvere io!

Oggi non ci vedremo. Ieri, quando ci salutammo, il cielo cominciava a ricoprirsi di nuvole e si alzava la nebbia. Le dissi che domani sarebbe stato un brutto giorno, lei non rispose, non voleva contraddirsi. Per lei questo giorno è luminoso e chiaro e neppure la più piccola nuvola offusca la sua felicità.

"Se dovesse piovere non ci vedremo!" mi disse. "Non verrò". Pensavo che non si sarebbe accorta della pioggia di oggi ma non venne lo stesso.

Ieri ci fu il nostro terzo incontro, la nostra terza notte bianca.

Come la gioia e la felicità rendono l'uomo sublime! Come sussulta il cuore per l'amore! Sembra che lo si voglia riversare tutto in un altro cuore, si desidera che ogni cosa sia allegra, che ogni cosa rida. E come è contagiosa questa gioia! Ieri nelle sue parole c'era una tale tenerezza e nel suo cuore una tale bontà, come si preoccupava per me, come mi adulava, come incoraggiava e inteneriva il mio cuore! Oh, come era civettuola nella sua felicità! E io, io prendevo tutto per moneta buona, credevo che lei.

Ma, Dio mio, come potevo pensare una cosa simile? Come potevo essere tanto cieco quando già un altro aveva preso tutto e niente mi apparteneva? Quando infine la stessa tenerezza, la sua preoccupazione, il suo amore, sì, il suo amore non era nient'altro che la gioia per il prossimo incontro con l'altro, il desiderio di imporre anche a me la sua felicità. Quando lui non venne, quando l'avevamo aspettato invano, lei si intristì, divenne timida e paurosa. Tutte le sue parole, tutti i suoi movimenti non erano più così spontanei, colmi di quella gaia allegria. E, cosa strana, raddoppiò la sua attenzione nei miei confronti come se istintivamente desiderasse riversare su di me i suoi desideri, la sua paura che tutte le sue aspettative non si potessero realizzare. La mia Nasten'ka diventò così timida e così impaurita, sembrava aver capito il mio amore ed essersi impietosita per questo mio povero sentimento. Quanto più siamo infelici tanto più profondamente sentiamo l'infelicità degli altri, il sentimento non si frantuma, ma si concentra, arrivai da lei con il cuore stracolmo e a malapena riuscii ad aspettare il nostro incontro.

Non avevo previsto quello che avrei sentito ora, non avevo previsto che tutto sarebbe finito in quel modo. Lei splendeva per la gioia, aspettava la risposta. La risposta era lui stesso. Lui avrebbe dovuto venire, accorrere alla sua chiamata. Nasten'ka arrivò un'ora prima di me. All'inizio rideva per ogni mia parola.

Incominciai a parlare, ma poi tacqui.

"Sapete perché sono così contenta?" disse, così contenta di vedervi? Sapete perché oggi vi amo tanto?

"Allora?" domandai e il mio cuore sussultò.

"Io vi amo perché non siete innamorato di me. Un altro, al vostro posto, avrebbe cominciato a inquietarmi, a importunarmi, si sarebbe lasciato andare ai sospiri ammalandosi e voi invece siete così caro!"

E qui lei mi strinse la mano con tale forza che per poco non gridai. Scoppiò in una risata.

"Dio mio! Che amico siete!" continuò lei dopo un attimo con un'aria tutta seria. "Dio stesso vi ha mandato. Che cosa farei ora se non mi foste vicino? Come siete altruista! Come sapete amarmi! Quando un giorno sarò sposata vivremo in grande amicizia, più grande di quella dei fratelli. Vi amerò quasi come lui".

In quel momento mi sentii preso da una terribile angoscia, tuttavia qualcosa che assomigliava a uno scoppio di risa fremette nel mio animo.

"Voi siete agitata" le dissi. "Avete paura. Credete che non verrà".

"Dio vi benedica!" rispose. "Se io fossi meno felice, forse mi metterei a piangere per la vostra sfiducia, per i vostri rimproveri. Del resto voi mi avete fatto scaturire un'idea e mi avete fatto pensare molto. Su alcune cose mediterò più tardi ma ora vi confido che avete detto la verità. Sì, non sono più la stessa, sono completamente presa dall'attesa e sento tutto in modo troppo superficiale. Ma basta, non parliamo più dei sentimenti!"

In quel momento si sentirono dei passi e nel buio apparve un passante che ci veniva incontro. Sobbalzammo tutti e due e poco mancò che lei si mettesse a gridare. Lasciai andare la sua mano e feci un gesto per andare via. Ma ci eravamo sbagliati, non era lui.

"Che cosa temete? Perché avete lasciato la mia mano?" disse lei offrendomela di nuovo. "E allora? Gli andremo incontro insieme. Voglio che veda come ci amiamo".

"Come ci amiamo!" esclamai io.

"Oh! Nasten'ka, Nasten'ka!" pensavo. "Quante cose hai detto con questa parola! Per un amore simile in un'ora 'diversa' il cuore si raggela e l'angoscia pesa sull'anima. La tua mano è fredda, la mia brucia come il fuoco. Come sei cieca, Nasten'ka! Oh! Come è insopportabile un uomo felice in certi momenti! Ma io non potevo arrabbiarmi con te".

Infine il mio cuore traboccò.

"Sentite, Nasten'ka!" esclamai. "Sapete che cosa ho fatto tutto il giorno?"

"Presto, dite! Che cosa avete fatto? Perché finora avete taciuto?"

"In primo luogo, Nasten'ka, dopo aver eseguito tutti i vostri ordini, dopo aver consegnato la lettera ed essere passato dai vostri buoni conoscenti, sono tornato a casa e mi sono messo a dormire".

"Nient'altro?" m'interruppe ridendo.

"Sì, solo questo" risposi a malincuore mentre delle sciocche lacrime mi spuntavano agli occhi. "Mi sono svegliato un'ora prima del nostro incontro come se non avessi dormito affatto. Non so che cosa avessi. Sono venuto da voi per raccontarvi tutto questo come se il tempo si fosse fermato, come se una sensazione sola, un sentimento solo dovesse restare in me per sempre, come se un attimo solo dovesse continuare in eterno e tutta la vita si fosse letteralmente fermata per me, quando mi sono svegliato mi

sembrava di ricordare un motivo musicale da tempo familiare, sentito una volta non so dove e poi dimenticato dalle note dolci. Mi sembrava che tutta la vita volesse sgorgarmi dall'anima e solo ora".
"Oh, Dio mio! Dio mio!" interruppe Nasten'ka. "Che cosa vuol dire tutto questo? Non capisco nemmeno una parola".
"Oh, Nasten'ka! Vorrei in qualche modo trasmettervi questa strana impressione, "iniziai con voce lamentosa, nella quale era nascosta ancora una speranza, anche se del tutto vaga.
"Basta, smettetela, basta!" disse lei.
In un attimo la bricconcella aveva indovinato tutto! Ad un tratto diventò estremamente loquace, allegra, scherzosa. Mi prese a braccetto, rise e volle che anch'io ridessi. Ognuna delle mie timide parole suscitava in lei una lunga e sonora risata.
Cominciai ad arrabbiarmi quando lei ad un tratto si mise a civettare.
"Sentite" iniziò, sono un po' stizzita con voi, perché non vi siete innamorato di me. Andate a capire quest'uomo! Tuttavia, signor inflessibile, voi non potete non lodarmi perché ho un animo così semplice. Io vi ho raccontato tutto, tutto, tutte le sciocchezze che mi sono passate per la testa.
"Sentite! Pare che siano le undici?" dissi io quando il rintocco misurato della campana risuonò dalla lontana torre della città.
Lei si fermò improvvisamente, smise di ridere e cominciò a contare.
"Sì, le undici" disse infine con una voce paurosa e indecisa.
Mi pentii subito di averla spaventata, di averla obbligata a contare le ore e mi maledissi per quell'accesso di cattiveria. Provai angoscia per lei e non sapevo come espiare il mio peccato. Cominciai a

consolarla e a cercare varie ragioni per l'assenza di lui, a presentare giustificazioni e prove. Nessuno poteva essere ingannato in modo più facile e ognuno, in un momento simile, ascolta con gioia qualsiasi conforto ed è felice anche per ogni ombra di giustificazione.

"E' una cosa ridicola" iniziai accalorandomi sempre di più, fiero della straordinaria chiarezza delle mie argomentazioni, lui non ha avuto forse il tempo di venire. Nasten'ka, voi mi avete fatto sbagliare e mi avete confuso, tanto che ho perso la nozione del tempo. Pensate un attimo, magari ha ricevuto la lettera solo ora, supponiamo che non possa venire, supponiamo che vi scriva una risposta, in tal caso la lettera non vi arriverebbe prima di domani. Andrò io domani a prenderla, appena farà giorno, e vi farò sapere subito qualcosa. Infine dovete supporre mille possibilità, forse non era nemmeno a casa quando è arrivata la lettera, e finora non è riuscito a leggerla. Tutto ciò può accadere.

"Sì, sì!" rispose Nasten'ka non ci avevo pensato, di sicuro tutto può accadere, continuò lei con una voce conciliante, nella quale però si sentiva un altro pensiero, un pensiero nascosto, come una dissonanza incresciosa. "Ecco cosa farete" continuò lei, domani andrete al più presto e, se riceverete qualcosa, me lo farete sapere subito. Voi sapete dove abito. E cominciò a ripetermi il suo indirizzo. Poi all'improvviso diventò tenera e timida con me, sembrava ascoltare con attenzione quello che le dicevo, ma quando mi rivolgevo a lei con qualche domanda taceva, si turbava e girava la sua piccola testa. La guardai negli occhi, avevo intuito, lei piangeva.

"Ma si può, si può? Ah, che bambina siete! Che cosa infantile! Basta col pianto!"
Lei cercò di sorridere, di calmarsi, ma il mento le tremava e il petto le si sollevava ansimante.
"Penso a voi" mi disse dopo un attimo di silenzio, voi siete così buono, e io sarei di pietra se non sentissi la vostra bontà. Sapete che cosa mi è venuto in mente adesso? Ho fatto un confronto tra voi due. Perché lui e non voi? Perché lui non è come voi? Lui è peggio di voi, eppure io l'amo di più.
Non risposi nulla, lei invece sembrava aspettare una mia parola.
"Di sicuro, forse, io non lo comprendo affatto, non lo conosco per niente. Sapete, mi faceva sempre un po' di paura, lui era sempre così serio, come se fosse altero. Certo, lo so, sembra così solo dall'aspetto, nel suo cuore c'è più tenerezza che nel mio. Ricordo in che modo mi aveva guardata quando ero andata da lui con il fagottino in mano, vi ricordate? Ma forse lo stimo troppo ed è in questo la nostra diversità?"
"No, Nasten'ka, no" risposi, significa che voi l'amate più di ogni altra cosa al mondo, e molto di più di voi stessa.
"Sì, ammettiamo che sia così" rispose l'ingenua Nasten'ka, ma sapete che cosa mi è venuto in mente ora? Solo che adesso non parlerò di lui, ma in generale, è già da tempo che ci penso. Perché non siamo tutti come fratelli? Perché perfino l'uomo migliore sembra sempre nascondere qualcosa all'altro, o tace?
Perché non dire subito con sincerità quello che si ha nel cuore, quando si sa che la tua parola non sarà gettata al vento? E così

ognuno di noi sembra più severo di quanto non sia in realtà, come se temesse di offendere i propri sentimenti dichiarandoli in anticipo. "Ah, Nasten'ka! Voi dite il vero, questo succede per molte ragioni, "aggiunsi. In quel momento più che mai soffocavo i miei veri sentimenti.
"No, no!" rispose lei con profonda partecipazione. "Voi ad esempio non siete come gli altri. Io a dire il vero non so come raccontarvi ciò che sento, ma mi sembra che voi ad esempio, almeno ora, mi sembra che sentiate qualcosa per me" aggiunse con timidezza guardandomi di sfuggita. "Dovete scusarmi se vi parlo in questo modo, sono una ragazza semplice, ho visto poco di questo mondo e a volte non sono in grado di esprimermi" aggiunse con una voce che tremava per un sentimento nascosto, cercando intanto di sorridere, ma io volevo solo dirvi quanto vi sono grata, e che anch'io provo tutto ciò, oh, che Dio vi dia per questo la felicità! Ciò che mi diceste allora, raccontando del vostro sognatore, non è per niente vero, cioè, volevo dire, non vi riguarda affatto. Voi guarirete, voi siete un uomo completamente diverso da quello che mi avete descritto. Se un giorno vi innamorerete, che Dio vi dia la felicità insieme alla donna del vostro cuore! A lei non auguro nulla, perché lei sarà felice con voi. Lo so, perché anch'io sono una donna, e se vi parlo così, dovete credermi.
Si fermò e mi strinse con forza la mano. Nemmeno io potevo parlare per l'agitazione. Passarono alcuni minuti.
"Sì, oggi non verrà di sicuro!" disse infine alzando la testa. "E' tardi".
"Verrà domani" dissi io con voce più convincente e più forte.

"Sì" aggiunse facendosi tutta allegra, mi rendo conto che verrà solo domani. Arrivederci allora, a domani! Se dovesse piovere, non verrò. Ma dopodomani verrò, immancabilmente verrò a qualunque costo. Dovete assolutamente venire, vi voglio vedere, vi racconterò tutto.

Al momento di andarmene mi porse la mano e mi disse con uno sguardo luminoso, "E' vero che noi ora staremo sempre insieme?"
'Oh! Nasten'ka, Nasten'ka! Se tu potessi sapere come sono solo adesso!'

Appena l'orologio rintoccò le nove non resistetti più nella camera, mi vestii e uscii, nonostante il brutto tempo. Andai al solito posto e mi sedetti sulla nostra panchina. Volevo andare nel vicolo di Nasten'ka ma mi vergognai tanto da tornare indietro senza aver guardato le sue finestre, senza neppure aver fatto due passi verso la casa. Ritornai alla mia abitazione in preda ad una tale angoscia come non l'avevo mai provata prima. Che tempo umido noioso! Se il tempo fosse stato bello avrei passeggiato là tutta la notte.

Ma a domani, a domani! Domani lei mi racconterà tutto.

Tuttavia oggi non è arrivata nessuna lettera. Del resto è giusto che sia così. Loro sono già insieme.

QUARTA NOTTE

Dio mio, com'è finito tutto! E in che modo è finito!
Arrivai alle nove. Lei era già lì. La vidi ancora da lontano, stava appoggiata con i gomiti sul parapetto del lungofiume come la prima volta e non si accorse del mio arrivo.
"Nasten'ka!" la chiamai soffocando a stento la mia agitazione.
Subito lei si voltò verso di me.
"Presto, sbrigatevi!" mi disse.
La guardai con stupore.
"Allora? Dov'è la lettera? L'avete portata?" ripeté tenendosi con una mano al parapetto.
"No, non porto nessuna lettera" riuscii a dire infine, ma lui non è ancora arrivato?
Diventò terribilmente pallida e mi guardò a lungo immobile. Avevo spezzato la sua ultima speranza.
"Ebbene, che Dio sia con lui!" disse con un filo di voce. "Che Dio sia con lui, dal momento che mi abbandona così".
Abbassò gli occhi, poi voleva guardarmi senza riuscirci. Ancora per qualche minuto cercò di dominare il suo turbamento, ma ad un tratto si girò e, appoggiandosi al parapetto del lungofiume, scoppiò in un pianto a dirotto.
"Basta, basta!" cominciai, ma non ebbi la forza di continuare guardandola. Che cosa avrei potuto dirle?
"Non cercate di consolarmi" disse lei tutta in lacrime, non parlate di lui, non mi dite che verrà, che non mi ha abbandonata in modo così

crudele e disumano! Perché? Per quali ragioni? C'era forse qualcosa nella mia lettera, in quella disgraziata lettera?
A questo punto i singhiozzi soffocarono la sua voce. A guardarla il cuore mi si spezzava. "Oh, che crudeltà disumana!" iniziò di nuovo. "E nemmeno una riga, una riga! Avesse scritto almeno una risposta che non ha bisogno di me, che mi ripudia! Invece nemmeno una riga in tre giorni! Con che facilità offende, umilia una povera ragazza senza difesa, che è colpevole solo del suo amore per lui! Oh, quanto ho sofferto in questi tre giorni! Dio mio! Dio mio! Quando ricordo come sono andata da lui sola la prima volta e che mi sono umiliata, ho pianto, supplicando da lui un briciolo d'amore, e dopo questo! Sentite" disse rivolta a me e i suoi neri occhi si misero a brillare, non è forse così? Non può essere così, è contro natura? O io o voi ci siamo sbagliati. Forse non ha ancora ricevuto la lettera? Forse non sa ancora niente? Come è possibile, giudicate voi, ditemelo, per carità di Dio, spiegatemelo, io non capisco come ci si possa comportare con tale barbarie e con tale volgarità nei confronti di una ragazza! Nemmeno una parola! Persino con l'ultimo dei derelitti si è più caritatevoli. Forse ha sentito dire qualcosa, forse qualcuno mi ha calunniata davanti a lui?. Si rivolse a me con la domanda ad alta voce, "Che cosa ne pensate?"
"Sentite, Nasten'ka, andrò domani da lui a vostro nome".
"E dopo?"
"Lo interrogherò su tutto, gli racconterò tutto".
"E dopo?"

"Voi scriverete una lettera. Non rispondete di no, Nasten'ka, vi prego! L'obbligherò a non disdegnare il vostro comportamento, gli farò sapere tutto e se".

"No, amico mio, no" m'interruppe. "Basta! Nemmeno una parola, nemmeno una parola né una riga da me, basta! Io non lo conosco, io non l'amo più, io lo dimenticherò".

Nasten'ka non finì il discorso.

"Calmatevi, calmatevi! Sedetevi qui, Nasten'ka" dissi io facendola sedere su una panchina.

"Ma io sono tranquilla. Basta! E' così! Queste sono lacrime e si asciugheranno! Pensate che mi rovini? Che mi anneghi?"

Mi si spezzava il cuore, avrei voluto dire qualcosa ma non riuscii.

"Sentite!" continuò il discorso prendendomi per mano.

"Ditemi voi non vi sareste comportato così? Voi non avreste deriso spudoratamente per il suo debole e sciocco cuore la donna che fosse venuta da voi? L'avreste magari protetta? Avreste immaginato che lei era sola e non sapeva essere abbastanza prudente né salvarsi dal proprio amore per voi, che non era colpevole proprio per niente, che in fondo non aveva fatto nulla, oh Dio mio! Dio mio!"

"Nasten'ka!" esclamai, non avendo più la forza di dominare il mio turbamento. "Nasten'ka! Voi mi straziate, voi deridete il mio cuore, voi mi uccidete, Nasten'ka! Non posso tacere. Infine debbo dirvi, confessare ciò che mi ribolle qui nel cuore".

Dicendo questo mi alzai dalla panchina. Lei mi prese la mano e mi guardò con stupore.

"Che cosa avete?" mi domandò dopo un attimo di silenzio.
"Sentite!" dissi in tono deciso. "Sentite, Nasten'ka! Ciò che vi dirò adesso sono tutte sciocchezze, castelli in aria, cose assurde! So che non potranno mai accadere, ma è lo stesso, non posso tacere. In nome delle vostre sofferenze vi prego in anticipo di perdonarmi!"
"Che cosa, che cosa?" domandò lei smettendo di piangere e guardandomi con attenzione. Una strana curiosità brillava nei suoi occhi meravigliati. "Che cosa vi accade?"
"E' un castello in aria, ma io vi amo, Nasten'ka! Ecco, adesso ho detto tutto!" dichiarai agitando le mani. "Ora considerate voi stessa se potete parlare con me come avete parlato poco fa, se potete ascoltare ciò che vi dirò".
"Che cosa, che cosa?" m'interruppe Nasten'ka. "Che cosa vuol dire questo? Sì, lo sapevo da tempo che voi mi amate, ma mi sembrava che voi mi amaste semplicemente così, ah! Dio mio, Dio mio!"
"In principio fu così facile, Nasten'ka, ma ora, ora, io sono nella stessa situazione vostra quando siete andata da lui col fagottino in mano. Ma io sto peggio di voi, Nasten'ka, perché lui allora non amava nessuno, voi invece sì".
"Perché me lo dite! Io non vi capisco per niente. Sentite, ma perché tutto questo, cioè per quale ragione voi così ad un tratto avete deciso di? Dio! Io dico delle sciocchezze? Ma voi".
Nasten'ka si turbò del tutto. Le gote le diventarono rosse ed abbassò gli occhi.
"Che devo fare, Nasten'ka, che fare? Sono colpevole, ho abusato della vostra fiducia, no, no, io non sono colpevole, Nasten'ka, lo

sento perché il mio cuore mi dà ragione, perché io non vi posso offendere, non vi posso umiliare in nessun modo. Ero il vostro amico e anche ora lo sono. Non sono cambiato. Mi scorrono le lacrime, Nasten'ka. Lasciate che scorrano, lasciate che pianga, esse non disturbano nessuno. Si asciugheranno, Nasten'ka".
"Ma sedetevi, sedetevi" disse lei facendomi accomodare sulla panchina. "Oh! Dio mio!"
"No, Nasten'ka, non voglio sedermi, non posso più rimanere qui, voi non dovete più vedermi, vi dirò tutto, ma poi me ne andrò.
Voglio soltanto dirvi che non avreste mai saputo del mio amore, avrei mantenuto il mio segreto. Non starei ora in questo momento a tormentarvi con il mio egoismo. No! Ma non sono riuscito a trattenermi, voi stessa avete toccato l'argomento prima di me. Siete colpevole voi, siete colpevole voi e non io. Non mi potete scacciare".
"No, no, io non vi scaccio" disse Nasten'ka nascondendo come poteva la propria agitazione, poveretta!
"Voi non mi scacciate? No! Io stesso avrei voluto fuggire lontano da voi. Me ne andrò, ma vi dirò tutto dall'inizio perché quando voi avete parlato io non sono riuscito a rimanere seduto. Quando avete pianto, quando avete sofferto a causa (lo chiamerò con il proprio nome, Nasten'ka) a causa del suo rifiuto, del vostro amore respinto, ho avvertito, ho sentito nel mio cuore un tale amore per voi, Nasten'ka, un tale amore, e mi sentivo così amareggiato perché non ero in grado di aiutarvi con questo amore da farmi spezzare il

cuore e io, io non ho potuto tacere, ho dovuto parlare, Nasten'ka, ho dovuto parlare!"

"Sì, sì, parlatemi, parlatemi così!" disse Nasten'ka con un gesto vago. "Magari vi sembrerà strano che io vi parli così ma raccontate tutto! Io vi dirò poi, vi racconterò tutto poi!"

"Voi avete compassione di me, Nasten'ka, semplicemente compassione, mia piccola amica. Quel che è stato è stato! Ciò che è detto non torna indietro! Non è così? Ora sapete tutto. Questo è un momento decisivo. Bene! Adesso tutto questo è stupendo ma ascoltatemi. Quando voi stavate seduta lì e piangevate pensavo (lasciate che vi dica ciò che ho pensato!) pensavo che (ma questo non potrà accadere mai, Nasten'ka) ho pensato che voi, ho pensato in modo del tutto astratto che voi non l'amaste più. In quel caso lo pensavo ieri e l'altro ieri, Nasten'ka, avrei detto certamente di tutto perché voi mi poteste amare, l'avete fatto, voi stessa avete detto che eravate quasi sul punto di innamorarvi di me. Che cosa ancora? Vi ho detto quasi tutto ciò che volevo dire, rimane solo da dire che cosa sarebbe successo se vi foste innamorata di me, solo questo, nient'altro! Ascoltate allora, amica mia, visto che siete la mia amica, io sono un uomo semplice, povero, insignificante, ma questo non c'entra (mi sembra di non dire le cose giuste, ma sono troppo turbato, Nasten'ka), io vi amerei in modo tale che anche se voi lo amaste ancora e continuaste ad amare colui che io non conosco, il mio amore non vi peserebbe affatto. Voi percepireste solo, voi sentireste in ogni attimo che accanto a voi batte un cuore grato, molto grato, ardente che per voi, oh, Nasten'ka, Nasten'ka che cosa avete fatto di me!"

"Smettete di piangere, non voglio vedervi piangere" disse Nasten'ka alzandosi rapidamente dalla panchina. "Venite, alzatevi, venite da me, non piangete, non piangete" diceva asciugando le mie lacrime con il suo fazzoletto, venite, ora, forse vi dirò una cosa, anche se lui mi ha abbandonata, anche se mi ha dimenticata, sebbene io lo ami ancora (non voglio ingannarvi) ma ascoltate, rispondetemi. Se io, per esempio, vi amassi, cioè se solo, oh, amico mio, amico mio! Se ci penso, se penso all'umiliazione di allora, quando ridevo del vostro amore e vi elogiavo perché non vi eravate innamorato di me! Dio mio! Come non prevederlo, sì, proprio prevederlo, come sono stata stupida! Ma insomma, mi sono decisa, vi dirò tutto.

"Ascoltate, Nasten'ka, sapete che cosa? Andrò via da voi, ecco cosa farò! Io vi tormento soltanto. Voi sentite ora i rimorsi di coscienza per i vostri scherzi, ma io non voglio, sì, non voglio che oltre al vostro dolore, sono io il colpevole, Nasten'ka. Addio!"

"Fermatevi, ascoltatemi, potete aspettare?"

"Aspettare che cosa?"

"Io lo amo, ma questo passerà, deve passare, questo non può non passare, sento che sta già passando, chissà, magari tutto finirà oggi stesso, perché io lo odio, perché lui mi ha presa in giro, proprio quando voi qui piangevate con me, perché voi non mi avreste abbandonata come lui, perché voi mi amate e lui no, perché io in fondo vi amo, sì, vi amo! Vi amo come mi amate voi! Io, io stessa ve l'ho detto prima e voi l'avete sentito. Vi amo perché siete migliore di lui, avete un cuore più nobile, perché, perché lui".

Il turbamento della povera ragazza era così grande che non riuscì a finire la frase, appoggiò la testa sulla mia spalla, poi sul petto e scoppiò in un pianto a dirotto. La consolavo con le parole, ma lei non smise di piangere, mi stringeva la mano e diceva, tra un singhiozzo e l'altro, "Aspettate, aspettate, smetterò subito! Io vi voglio dire, non dovete pensare che queste lacrime sono così per debolezza, aspettate che passi". Infine smise di piangere, si asciugò le lacrime e riprendemmo a passeggiare. Avrei voluto parlare, ma lei mi pregò di aspettare. Tacevamo entrambi, infine si fece coraggio e cominciò a parlare.

"Ecco" cominciò con voce flebile e tremante, ma nella quale improvvisamente risuonò qualcosa che mi entrò dritto nel cuore causando una dolce sofferenza, non dovete pensare, del resto, che io sia così incostante e capricciosa, che lo possa dimenticare con tanta facilità, né che possa tradire così presto, l'ho amato per tutto un anno, e giuro davanti a Dio che non gli sono stata mai infedele, nemmeno con il pensiero. Mi ha disprezzata, mi ha presa in giro, che Dio lo perdoni! Ha mortificato il mio cuore. Io non lo amo, perché io posso amare solo colui che è generoso, che mi comprende, che ha sentimenti nobili, perché io stessa sono così, e lui non è degno di me, che Dio lo perdoni pure! Meglio che sia successo così, la mia delusione sarebbe stata più grave se mi fossi sbagliata nelle mie attese e avessi capito poi chi era in realtà, sì, di sicuro! Perché sapete, mio buon amico, continuò lei stringendomi la mano, forse tutto il mio amore non era nient'altro che un inganno dei sentimenti, dell'immaginazione, cominciato forse come uno scherzo, come una futilità, per il semplice fatto che mi trovavo sotto la sorveglianza della nonna.

Forse dovrei amare un altro al suo posto, non un uomo così, un uomo che avrebbe pietà di me e... e... ma lasciamo perdere, si interruppe Nasten'ka, con il respiro mozzato per l'agitazione, io volevo soltanto dirvi, io volevo dirvi che se, nonostante il mio amore (no, il mio amore passato), se nonostante questo voi direte ancora. Se voi sentite che il vostro amore è così grande che può alla fine eliminare nel mio cuore quell'altro, se voi volete aver compassione di me, se non volete lasciarmi sola con il mio destino, senza un conforto, senza una speranza, se volete amarmi sempre come mi amate adesso, vi giuro che la mia gratitudine, il mio amore sarà degno del vostro, accetterete ora la mia mano?

"Nasten'ka!" gridai soffocando per i singhiozzi. "Nasten'ka! Nasten'ka!"

"Ora basta, basta, basta per sempre!" Lei cominciò a parlare dominandosi a malapena. "Adesso abbiamo detto tutto, non è forse così? Allora voi siete felice e anch'io lo sono. Dunque basta con le parole, aspettate, risparmiatemi, parlate d'altro, per amor di Dio!"

"Sì, Nasten'ka, sì! Lasciamo stare. Ora io sono felice, io, ebbene Nasten'ka, parliamo d'altro, presto, presto, parliamo, io sono pronto"

E non sapevamo di che cosa parlare, ridevamo, piangevamo, dicevamo mille parole sconnesse e senza senso, ora camminavamo sul marciapiede, ora tornavamo improvvisamente

indietro e attraversavamo la strada. Poi ci fermavamo e di nuovo tornavamo sul lungofiume, ci comportavamo come due bambini.
"Ora vivo da solo, Nasten'ka" cominciai il mio discorso, ma domani voi di sicuro sapete, Nasten'ka, che io sono povero, in tutto possiedo milleduecento rubli, nulla.
"Si capisce, non è nulla, ma la nonna ha una pensione, non ci farà soffrire la fame. Bisogna prendere la nonna con noi".
"Certo, bisogna prendere la nonna, inoltre c'è Matrëna".
"Ah, sì, noi abbiamo Fëkla!"
"Matrëna è buona, solo che ha un difetto, non ha un minimo di immaginazione, ma non è grave".
"Non importa, entrambe possono stare insieme, solo che voi da domani vi trasferirete da noi".
"Come? Da voi? Bene, sono pronto".
"Sì, prenderete in affitto un appartamento. Sopra la nostra abitazione il mezzanino è vuoto. Vi abitava prima una signora anziana, una nobile, ma è andata via e io so che la nonna lo vuole affittare a un uomo giovane. Le ho chiesto, "Perché un uomo giovane?" E la nonna mi risponde, "Così, io sono già vecchia, ma tu non pensare, Nasten'ka, che io voglia trovarti un marito". Ma io ho indovinato che è proprio per questo".
"Ah, Nasten'ka!".
E tutti e due scoppiammo in una risata.
"Ma basta, basta. Ma voi dove abitate? Ho già dimenticato".
"Presso il ponte N... in casa Barannikov".
"E' una casa grande?"

"Sì, è una casa grande".

"Sì, la conosco, è una casa bella, ma voi lasciatela al più presto e trasferitevi da noi".

"Domani, Nasten'ka, subito domani, ho ancora un piccolo debito per l'affitto, ma non è niente, presto riceverò il mio stipendio".

"Sapete, io forse darò qualche lezione, studierò e poi darò delle lezioni".

"Magnifico, e io riceverò presto una gratifica, Nasten'ka".

"Così da domani potrete essere il mio inquilino".

"Sì e andremo a sentire 'Il Barbiere di Siviglia' perché presto lo daranno ancora".

"Sì, ci andremo" disse Nasten'ka ridendo, ma non è forse meglio se ascoltiamo un'altra opera?

"Va bene, ascolteremo un'altra opera, sarà certamente meglio, non ci avevo pensato"

Parlando così camminavamo entrambi come fra le nuvole nella nebbia, come se non ci rendessimo conto di quello che facevamo. Ora ci fermavamo e parlavamo a lungo, ora di nuovo ci mettevamo a camminare, andando Dio sa dove e di nuovo riso, di nuovo lacrime, ora Nasten'ka vuole tornare improvvisamente a casa e io non oso trattenerla e la voglio accompagnare, riprendiamo il cammino ma dopo un quarto d'ora ci troviamo sul lungofiume presso la nostra panchina. Ora Nasten'ka sospira, ora di nuovo una piccola lacrima le scorre dagli occhi, io divento sempre più timido, mi sento gelare, ma lei mi stringe la mano e mi trascina di nuovo a camminare, a chiacchierare.

"Per me è ora di andare a casa, ormai è molto tardi, credo" disse infine Nasten'ka. "Smettiamo di fare i bambini!"
"Sì, Nasten'ka, solo che io ormai non mi addormenterò, non tornerò a casa".
"Anch'io non credo di poter dormire, ma accompagnatemi".
"Certo".
"Però ora andiamo direttamente a casa".
"Certo, certo".
"Parola d'onore? Bisogna pur arrivare a casa una buona volta!"
"Parola d'onore" risposi ridendo.
"Allora andiamo!"
"Andiamo".
"Guardate il cielo, Nasten'ka, guardatelo! Domani sarà una giornata stupenda, che cielo azzurro e che luna! Guardate quella nuvola gialla che sta per coprirla, guardate, guardate! No, le è passata accanto. Guardate, guardate!"
Ma Nasten'ka non guardava la nuvola, stava ferma in silenzio, come inchiodata al suolo, dopo un istante timidamente si strinse a me. La sua mano nella mia tremò, la guardai, si strinse ancor più forte a me.
In quel momento passò vicino a noi un giovane. Lui si fermò improvvisamente, ci guardò con attenzione e poi fece di nuovo qualche passo. Il mio cuore sobbalzò, "Nasten'ka" dissi a voce bassa chi è quello?

"E' lui!" rispose sussurrando, avvicinandosi ancora di più e stringendosi ancora più forte a me, a malapena mi reggevo sulle gambe.

"Nasten'ka! Nasten'ka! Sei tu!" Si sentì una voce dietro di noi e, nello stesso attimo, il giovane fece alcuni passi verso di noi.

Dio, che grido! Come sussultò! Come si divincolò dalle mie mani per corrergli incontro! Io stavo fermo a guardarli, più morto che vivo. Gli strinse la mano e si gettò tra le sue braccia, poi corse di nuovo verso di me, mi si fermò vicino veloce come il vento, come il lampo e, prima ancora che io potessi riprendermi, mi abbracciò con tutte e due le mani e mi baciò forte con passione. Poi, senza dire una parola, si gettò di nuovo verso di lui, lo prese per mano e lo trascinò dietro di sé.

Rimasi lì a lungo continuando a guardarli, infine entrambi scomparvero dai miei occhi.

IL MATTINO

Le mie notti finirono quel mattino. Il tempo era brutto. Cadeva la pioggia battendo tristemente sui vetri della finestra, nella mia piccola stanza regnava il buio e anche fuori era buio. La testa mi faceva male e mi girava. Sentivo la febbre entrare in ogni angolo del mio corpo.
"E' arrivata una lettera per te 'batjushka'. Me l'ha portata il postino" disse Matrëna.
"Una lettera! Di chi?" esclamai sobbalzando sulla sedia.
"Non so 'batjushka' guarda tu, ci sarà scritto da chi viene".
Spezzai il sigillo. Era una lettera di lei!
"Perdonatemi, perdonatemi!" mi scriveva Nasten'ka. "Ve ne prego in ginocchio, perdonatemi! Ho ingannato voi e me insieme. E' stata una visione, un sogno, il pensiero di voi mi ha fatto soffrire tanto. Vi chiedo perdono, perdono! Non mi accusate perché io non sono cambiata nei vostri riguardi. Vi dissi che vi avrei amato e anche adesso vi amo, anzi sento per voi qualcosa di più dell'amore. Dio mio! Se potessi amarvi tutti e due insieme! Oh, se voi foste lui!"
"Se lui fosse voi!" queste parole mi balenarono per la mente. Nasten'ka, non scordo queste tue parole!
"Dio vede ciò che io vorrei fare adesso per voi! Siete triste e angosciato, lo so. Io vi ho umiliato, ma voi sapete che chi ama non ricorda a lungo le offese. E voi mi amate!
"Vi ringrazio! Sì, vi ringrazio per questo amore, perché nella mia memoria si è impresso come un dolce sogno che ricordo a lungo

dopo il risveglio. Ricorderò per sempre il momento in cui, come un fratello, mi avete aperto il vostro cuore e avete accettato in dono il mio mortificato per proteggerlo, accarezzarlo, guarirlo, se mi perdonerete, il vostro ricordo sarà reso sublime in me dall'eterno sentimento di gratitudine verso di voi che non potrà mai essere cancellato dalla mia anima, io custodirò questa memoria, le sarò fedele, non la tradirò, non tradirò il mio cuore, esso è troppo costante. Ieri è tornato così in fretta a colui al quale già apparteneva.

"Ci rivedremo, voi verrete da noi, non ci abbandonerete, sarete per sempre il mio amico, il mio fratello, quando ci vedremo mi tenderete la mano vero? Me la darete? Mi perdonerete, è vero?

Mi amerete 'come prima'?

"Oh, amatemi, non mi abbandonate perché io vi amo così in questo momento e perché sono degna del vostro amore, lo meriterò amico mio caro! La settimana prossima lo sposerò. Lui è tornato innamorato, non mi aveva mai dimenticata, non vi arrabbiate se vi ho scritto di lui. Voglio venire da voi con lui. E' vero che gli vorrete bene?

"Perdonate, ricordate e amate la vostra Nasten'ka".

Lessi e rilessi questa lettera molte volte. Gli occhi mi si riempirono di lacrime. Infine la lettera mi cadde dalle mani e io mi coprii il volto.

"Caro mio! Caro mio!" cominciò Matrëna.

"Che c'è, vecchia?"

"Ho tolto tutte le ragnatele dal soffitto. Adesso potresti anche sposarti, invitare qualcuno, è ora".

Guardai Matrëna, fino ad allora era stata ancora una robusta "giovane" vecchia ma ora, non so perché, ad un tratto mi apparve con lo sguardo spento, con le rughe in faccia, ingobbita, decrepita. Non so perché, ad un tratto anche la mia stanza mi parve invecchiata come Matrëna. Le pareti e il pavimento erano sbiaditi, tutto era diventato opaco, le ragnatele si erano moltiplicate. Non so perché, quando guardai fuori dalla finestra, mi sembrò che anche la casa di fronte fosse decrepita e scolorita, che gli stucchi sulle colonne si fossero sgretolati e si staccassero, che i cornicioni fossero anneriti e pieni di crepe, che le pareti dal vivace colore giallo scuro fossero tutte chiazzate.

Forse un raggio di sole comparso improvvisamente si nascose di nuovo sotto una nuvola piena di pioggia e tutto di nuovo diventò scolorito ai miei occhi, forse era balenata davanti a me così inospitale e triste la prospettiva del mio futuro e io mi vidi con l'aspetto che avrò tra quindici anni, invecchiato nella stessa camera, solo come ora, sempre con Matrëna che di sicuro non sarà diventata più intelligente.

Non pensare, Nasten'ka, che io ricordi la mia umiliazione, né che voglia oscurare la tua serena e calma felicità con una nube scura. Non pensare che voglia rattristare il tuo cuore con amari rimproveri, che voglia addolorarlo con un rimorso segreto, che voglia renderlo malinconico nel momento della beatitudine, che voglia strappare uno solo di quei teneri fiori che tu hai intrecciato tra i tuoi riccioli neri quando, insieme a lui, sei andata all'altare, oh! mai mai! Che il tuo cielo sia sereno, che il tuo sorriso sia luminoso e calmo! Sii benedetta per quell'attimo di beatitudine e di felicità che hai donato a un altro cuore solo riconoscente!

Dio mio! Un minuto intero di beatitudine! E' forse poco per colmare tutta la vita di un uomo?

Printed in Great Britain
by Amazon